Raphael Müller

Asa und Gasa

Der erste Band

www.fontis-verlag.com

Über den Autor

Raphael Müller ist postmoderner Chillosoph, Autist, Epileptiker, Rollstuhlfahrer, Sprachvirtuose, Buchstabentänzer, Schubladenverweigerer, Wortakrobat und Jesus-Liebhaber. Jetzt veröffentlicht der 15-Jährige nach seinem autobiografischen Buch «Ich fliege mit zerrissenen Flügeln» (4. Auflage, Bestsellerstatus) eine Fantasy-Reihe für Jugendliche und junggebliebene Erwachsene, die sich auf feine, überzeugende Art mit seinen eigenen großen Lebensthemen «Behinderung, Freundschaften und Inklusion» auseinandersetzt.

Zu diesem Buch:

Wer rechnet schon mit Zauberkeksen?
Raphael, der Glückskeks!

Tim lernt beim Versteckspielen die Zwergenzwillinge Asa und Gasa kennen. Er schließt Freundschaft mit den Keksfabrikanten. Gemeinsam erleben sie spannende Abenteuer in ungewöhnlichen Ländern. Der Handel mit den Zauberkeksen läuft gut. Im Land der Zahlen stoßen sie allerdings an ihre Grenzen, weil sie nicht wissen, wie sie die Sprüche in den Keksen in Mathematik übersetzen sollen. Da lernen sie den Autisten Daniel und dessen Schulbegleitung Tina kennen und staunen über eine völlig andere Art der Wahrnehmung.

Dies ist der erste Band in einer Serie humorvoller Abenteuergeschichten. Sie beinhalten weit mehr als pure Fantasie, da sie Einblick gewähren in die autistische Wahrnehmung eines Jugendlichen und Mut machen für ungewöhnliche Freundschaften. Es sind Parabeln auf das gelungene Miteinander und die Inklusion unterschiedlichster Charaktere in der Gesellschaft. Geschrieben von einem jungen Wortakrobaten, der es wissen muss: Der Autor von «Ich fliege mit zerrissenen Flügeln», selber Autist und Rollstuhlfahrer, erklärt jungen und junggebliebenen Lesern seine Welt. Ein Lesespaß für die ganze Familie!

Wo das Land der vertrauten Wege für Asa und Gasa endet, da öffnet ihnen die Begegnung mit ihrem neuen Kameraden Tim und mit dessen Schulfreund, dem Autisten Daniel, ganz neue Abenteuer. Denn Daniel ist anders – anders begabt und ein echter Türöffner in eine Welt voller Worte, Zahlen und Überraschungen.

Für Frau Dollinger, meine Lieblingslehrerin.
Sie hat mich mit offenen Armen aufgenommen,
durch Höhen und Tiefen begleitet und
diplomatisch Inklusionshürden beiseitegeschoben.
Ich bin ihr so dankbar!

Raphael Müller

Asa und Gasa
(Der erste Band)

Abenteuer im Land der Zwerge

Mit Illustrationen
von Susanne Bauermann

fontis
BRUNNEN BASEL

Bibliografische Information der Deutschen Nationalbibliothek
Die Deutsche Nationalbibliothek verzeichnet diese Publikation in der Deutschen Nationalbibliografie; detaillierte bibliografische Daten sind im Internet über www.dnb.de abrufbar.

Umschlag: Spoon Design, Olaf Johannson, Langgöns
Foto Umschlag: Kanea / Shutterstock.com
Innenillustrationen: Susanne Bauermann, München
Vorsatz- und Nachsatzpapier: Melkor3D / Shutterstock.com
Satz: InnoSet AG, Justin Messmer, Basel
Druck: Finidr
Gedruckt in der Tschechischen Republik

ISBN 978-3-03848-055-6

Inhalt

Vorwort von Raphaels Mutter: Wenn der Körper störrisch ist ...

«Asa und Gasa» ist das erste Werk unseres Sohnes. Er hat es im Alter von acht Jahren geschrieben, indem er es Buchstabe für Buchstabe auf einem Netbook getippt hat. Eine mühsame und auch zeitraubende Angelegenheit, weil Raphael damals wie heute dafür die Hilfe anderer benötigt.

Ein Schlaganfall kurz vor seiner Geburt hat so einiges in seinem Leben und in unseren Erwartungen durcheinandergewirbelt und für allerhand Nebenwirkungen gesorgt. Laufen funktioniert nicht – und Sprechen leider auch nicht. Raphael sitzt im Rollstuhl und benötigt Hilfe für jeden Handgriff. Seit nun fünfzehn Jahren füllen Therapien unterschiedlichster Art seine freie Zeit.

Gestützte Kommunikation (FC) nennt man seine Art, sich zu verständigen. Er spürt seinen Körper oft nicht richtig, da hilft es ihm, wenn jemand seinen Arm oder seine Hand stützt und ihn ermutigt. Dann nimmt er seinen Körper besser wahr und kann auf einer Computertastatur tippen. An manchen Tagen schafft er mit Mühe einen einzelnen Satz, an besseren ein ganzes Kapitel oder mehr – vorausgesetzt, es findet sich jemand, der Zeit hat, ihn zu stützen.

Inzwischen erproben wir ein Eyetracking-System, durch dessen Hilfe ein Computer mit den Augen gesteuert wird, damit Raphael unabhängiger werden kann. Aber das dauert, denn er ist zu schnell für das Gerät und muss nun mühsam lernen, länger auf die betreffenden Felder zu schauen, damit der Infrarotstrahl dies auch erkennt.

Auch das Morsen haben wir versucht, aber das Bedienen einer Computermaus mit den Händen gelingt Raphael nicht eigenständig.

Es ist eben nicht leicht, wenn der Körper so störrisch ist, dass er sich den Befehlen widersetzt, weil sein Muskeltonus an manchen Tagen zu spastisch ist und an anderen viel zu schwach. Das Denken funktioniert dafür umso besser. Raphael ist der schlaueste Kopf in unserer Familie. Er gleicht schlicht einem Computer, dessen Bildschirm defekt ist; so dass er nicht so leicht zeigen kann, was alles in ihm steckt – und das ist eine ganze Menge. Erfreulicherweise konzentriert Raphael sich trotz allem auf die positiven Seiten des Lebens und die Schönheit darin und macht damit allen anderen Mut.

Raphaels Schullaufbahn hat in einer Förderschule begonnen, doch dort wurde es ihm rasch zu langweilig. Mit acht Jahren durfte er als Gast an zwei Deutschstunden und einer Englischstunde im Gymnasium teilnehmen. Diese wenigen Stunden waren der Höhepunkt seiner Woche. Raphael kann ja nicht Fußball oder Trompete spielen, aber das Lernen macht ihm Spaß. Alles, was die Langeweile durchbricht, nimmt er mit Freuden an, und so ist Schule nicht ein notwendiges Übel, wie es manch anderer Schüler empfinden mag, sondern eine willkommene Abwechslung und Ablenkung.

In der ersten Deutschschulaufgabe, die Raphael mitschrieb, war eine Reizwortgeschichte gefragt. Aus drei vorgegebenen Wörtern sollte eine Fantasiegeschichte werden. Raphael war so begeistert, dass er nicht nur ein Thema bearbeitete, sondern alle drei Themen, was seiner Lehrerin ein Schmunzeln entlockte. Ein Thema lautete: «Zwerg – Kleiderschrank – Taschentuch». Ein weiteres: «Lederhose – UFO – Gänseblümchen». An das dritte kann ich mich nicht erinnern.

Kapitel 1 dieses Buches entspricht dieser Deutschschulaufgabe von damals, im Frühjahr 2008. Ein paar Tage später schrieb Raphael einfach an der Geschichte weiter, sie bot die perfekte Rahmenhandlung für eine Reihe lustiger Abenteuergeschichten. Ein neues Hobby – dachten wir. Kapitel für Kapitel tippte Raphael mit seiner damaligen Schulbegleitung oder mit mir.

Erst als Raphael einen Jungen wie sich (rollstuhlfahrend, autistisch, stumm ...) in die Geschichte einfügte, begannen wir zu ahnen, dass diese Geschichte für ihn mehr bedeutete als puren Zeitvertreib. In Tim hat er den Jungen beschrieben, der er selbst gerne wäre: normal, gesund und abenteuerlustig. Mit Daniel lernen wir ihn ein Stück weit kennen mit all seinen speziellen Bedürfnissen und den Besonderheiten seiner autistischen Wahrnehmung, die er besonders mit den Fantasieländern Algebra und Alphabet beschreibt. Denn Zahlen und Buchstaben sind für Raphael nicht schwarze Zeichen auf weißem Papier, sondern unterschiedlich in Form, Farbe und Größe und besonders in ihrem Charakter.

Raphael wollte seinen Klassenkameraden und auch den Schülereltern und Lehrern seine Situation verdeutlichen und sein Bedürfnis nach Inklusion verständlich machen. Dieser Fantasieroman beschreibt Inklusion so, wie er sie sich wünscht und wie sie sein sollte, nämlich möglichst «unverkrampft und unverkopft».

Dies ist also Raphaels Dank für die tolle Aufnahme in die Klassengemeinschaft. Er möchte damit «Mut machen für ungewöhnliche Freundschaften» und gleichzeitig Hemmschwellen weiter abbauen. Die Verpackung in heitere Fantasieabenteuer soll den Zugang erleichtern und Freude vermitteln.

Oberflächlich gesehen wird man mit Humor und Abenteuer konfrontiert. Bei näherer Betrachtung stößt man auf die Themen der Inklusion, der Behinderung und auch auf die Fragen nach dem Glauben und dem Sinn des Lebens. Denn auch dies gehört zu einer Person wie Daniel oder Raphael, dass sie zwangsläufig früher beginnen, dem Leben und dem Schicksal einen Sinn abzuringen.

So gesehen wäre es schön, wenn nicht nur die Kinder dieses Buch lesen, sondern die Familien gemeinsam. Es könnten sich fruchtbare Gespräche entwickeln über das Zusammenleben unterschiedlicher Charaktere in unserer Gesellschaft. Denn mal ehrlich: Jeder ist anders, und alle Menschen haben ihre Bedürfnisse und Talente, die sich gegenseitig ergänzen können und sollen. Wenn alle gleich wären und immer der Norm entsprächen, wäre die Welt blass und farblos.

Angestachelt von seiner drei Jahre jüngeren Schwester

Hannah, tippte Raphael in jeder freien Minute an seinem Werk, nach den Hausaufgaben, zwischen seinen Therapien und an den Wochenenden. Hannah stand jeden Tag parat und wollte wissen, wie die Geschichte weitergeht und ob er nicht ein bisschen schneller schreiben könne. Bei seinem Geburtstag Ende September ließ Raphael dann die ersten Ausdrucke an seine Gäste verteilen und erhielt ein freudig überraschtes Feedback. Derart motiviert, übersetzte er die ersten Kapitel ins Englische und Türkische.

Kurz darauf begann Raphael auch schon mit Teil 2. Doch die Hausaufgaben nahmen zu, und die Schulbegleitung wechselte. Diese Neuerung bedeutete: Er musste wieder von vorne beginnen, eine Beziehung zur Schulbegleitung aufzubauen und Vertrauen zu fassen. Solch ein Wechsel in der Begleitperson widerfuhr Raphael in der Folge mehrmals.

Dies gleicht immer einem Reset auf dem Computer: alles auf Neu und bangen, ob das Schreiben auch mit der neuen Begleitung funktioniert. Auf diese Weise hat Raphael gelernt, mit mehreren Personen zu schreiben, was nicht jedem Autisten gelingt. Aber es hat ihn und unsere Familie eine Menge Nerven und Zeit gekostet.

«Asa und Gasa» mussten jedenfalls seitdem mit ihren

Abenteuern auf die Ferien warten. Das liegt auch daran, dass Raphael von Jahr zu Jahr mehr Zeit am Gymnasium verbrachte, und entsprechend viele Hausaufgaben zu bearbeiten hatte.

Dank der Offenheit von Rektor Haunschild und des Lehrerkollegiums am Deutschherren-Gymnasium in Aichach und dem Wohlwollen der Klassenkameraden und deren Eltern durfte Raphael inklusiven Unterricht am Gymnasium genießen und davon profitieren. Es half ihm, aus seiner autistischen Welt auszubrechen.

Insgesamt aber ist das deutsche Schulsystem, und speziell das bayerische, noch nicht auf einen Schüler wie Raphael vorbereitet. In manchen Bundesländern wird die Gestützte Kommunikation anerkannt, in Bayern leider noch nicht. Zudem verhindert Raphaels labiler Gesundheitszustand die Teilnahme an den Abiturprüfungen.

Raphael ist noch lange nicht volljährig, daher holen ihn nun zudem die übersprungenen Jahre in Form der Berufsschulpflicht wieder ein. Dies bedeutet ein weiteres Mal rauchende Köpfe auf der Suche nach einem gangbaren, ihn weiter fordernden und fördernden Weg. Es dauert eben, bis der «Nationale Aktionsplan der Bundesregierung zur Umsetzung der UN-Behindertenrechtskonvention» in die Tat umgesetzt, mit Leben erfüllt und Inklusion für alle selbstverständlich sein wird.

2010 nahm Raphael an einem Literaturwettbewerb teil. Bei diesem «Daniil Pashkoff Prize» waren englische Texte und Gedichte von Nichtmuttersprachlern gefragt. Raphael schickte ein englisches Gedicht und die ersten fünf englischen Kapitel seiner Zwergengeschichten ein. Einen Preis gewann er nicht, aber der Text wurde als «honorable mention» in die Anthologie mit aufgenommen und gedruckt.

2011 wollte Raphael es noch einmal genau wissen und reichte «Asa und Gasa» beim Literaturwettbewerb von Neobooks ein. Neobooks ist die Internetplattform des Droemer-Knaur-Verlags, dort findet regelmäßig ein Wettbewerb statt. Die Autoren bewerten gegenseitig ihre Werke. Die Beiträge, die am Stichtag auf der Top-10-Liste stehen, landen direkt auf dem Tisch des Lektorats, so auch «Asa und Gasa» dank der sechzig positiven Bewertungen.

Raphael erhielt als Anerkennungspreis einen Büchergutschein über 100 Euro, da der Verlag meinte, Kinder- und Jugendbücher machen sich nicht so gut als E-Books. Wir teilen diese Ansicht nicht, da sich unsere Zeit wandelt und spätestens im Urlaub jeder froh ist um die Gepäckerleichterung. An ein gedrucktes Buch reichen E-Books natürlich nicht heran.

Raphael ließ sich jedenfalls nicht beirren und tippte von mir gestützt munter weiter, meist im Urlaub auf der Strandliege sitzend, im Restaurant oder im Hotelzimmer, wann immer Papa und Schwester Hannah uns großzügig ein Zeitfenster einräumten. Bevorzugt nach den Mahlzeiten, denn ein knurrender Magen scheint hinderlich zu sein. Teil 2 war inzwischen fertig, Teil 3 begonnen. Neben Hannah haben mittlerweile Freunde und Bekannte aller Altersstufen die Manuskripte gelesen und Raphael begeistertes Feedback gegeben.

Im Juni 2013 lernte ich auf der Abendveranstaltung einer beruflichen Fortbildung eine Kollegin kennen und kam mit ihr ins Gespräch. Im Verlauf des Abends zeigte ich ihr ein Gedicht von Raphael. Sie war spontan begeistert und meinte, das müsse unbedingt gedruckt werden. Eine Bekannte von ihr hatte ein Buch geschrieben, die wollte sie kontaktieren. Kurz darauf erhielt ich eine SMS mit den Kontaktdaten des Lektors. Es sei aber ein christlicher Verlag, hieß es fast entschuldigend. Umso besser!

Nachdem zwei E-Mail-Versuche als «Mail Delivery Failed» zurückkamen, griff ich zum Telefonhörer und hatte Christian Meyer vom Fontis-Verlag in Basel in der Leitung (damals noch Brunnen Verlag Basel). Im ersten Moment war ich erstaunt über den Schweizer Akzent, ich hatte wohl nur Brunnen Verlag gelesen, das sagte mir etwas. Das Wort «Basel» war mir glatt entgangen.

Christian Meyer korrigierte rasch den Fehler in der E-Mail-Adresse. Ja, ich dürfe ihm gerne Texte von Raphael schicken, allerdings würde es schon eine Weile dauern, bis er mir ein Feedback geben könne. Außerdem sollten wir wissen, dass nur etwa jedes 300. Manuskript eine Chance erhalte, gedruckt zu werden.

«Schon gut! Wir wären schon dankbar, wenn sie mal ein Profi liest und uns ein Feedback gibt», so meine Antwort. Es dauerte wirklich von Juni bis Mitte November. Dann schrieb Herr Meyer, die Texte würden ihnen tatsächlich gut gefallen, aber sie würden in dieser Form einfach nicht ins Verlagsprogramm passen.

Wie denn auch? Die Sammlung bestand aus einer bunten Mischung von Zeitungsartikeln, Gedichten, Kurzgeschichten und «Asa und Gasa». Eine Autobiografie fänden sie – wenn schon – erst mal interessanter, schrieb der Lektor. Das musste Raphael nicht zweimal lesen. Am Tag darauf begann er sein Manuskript von «Ich fliege mit zerrissenen Flügeln» zu schreiben und beschäftigte sich in den darauffolgenden zehn Wochen – abgesehen von Schule und Therapien – mit nichts anderem.

Mitte Januar bekam es eine Bekannte zu lesen. Ihr Feedback half ihm, fehlende Erklärungen zu ergänzen, Gedankensprünge zu minimieren und die Reihenfolge der Kapitel zu optimieren. Ende Februar 2014 reichten wir es dem Verlag ein. Diesmal kam die Antwort erfreulich schnell. Nach zwei Wochen stand fest: Das Buch wird veröffentlicht!

Im September 2014 erschien also, pünktlich zu seinem 15. Geburtstag, beim Fontis-Verlag Raphaels Autobiografie «Ich fliege mit zerrissenen Flügeln» und überraschte uns mit ihrem großen Erfolg. Inzwischen erhält Raphael jede Menge Leserbriefe. So sieht unser Post-Alltag mittlerweile aus: Die lästigen Werbebriefe und ungeliebten Rechnungen werden an uns Eltern adressiert, die schönen, handgeschriebenen Dankesbriefe und Geschenkpakete sind fast ausnahmslos an Raphael adressiert.

Es ist erstaunlich, wie viele Menschen aller Altersgruppen sich durch dieses Buch angesprochen und ermutigt fühlen. Die Erkenntnis, dass der Schein vermutlich häufiger trügt, als man meint, und dass in vermeintlich behinderten Menschen wie Raphael häufig mehr steckt, als man zunächst vermutet, dürfen wir nun mit den Lesern teilen.

Vielleicht ist gerade dies Raphaels Bestimmung: uns hierin die Augen zu öffnen und damit anderen Betroffenen den Weg zu ebnen. Jedenfalls wird Raphael nun von seiner Umwelt anders wahrgenommen und anders ernst genommen. Nicht wenige Briefschreiber bezeugen, dass sie nun Behinderte und Autisten in ihrem Umfeld mit anderen Augen sehen und ihnen mehr zutrauen als bisher.

Interviews und Lesungen bereichern unseren Erfahrungsschatz mittlerweile ebenso wie Radio- und Fernsehbeiträge. Auch der Besuch auf der Frankfurter Buchmesse hat uns schwer beeindruckt. Obwohl: Es bestand Reizüberflutungsgefahr angesichts der vierzehn Messehallen voller Bücher ...

Der angenehme Nebeneffekt bei all dem Trubel sind die vielen interessanten Menschen, die Raphael seit Erscheinen seines Buches kennen lernen durfte, und die Brieffreundschaften, die daraus entstanden sind.

Inzwischen ist die 4. Auflage gedruckt und ein Hörbuch von «Ich fliege mit zerrissenen Flügeln» erstellt. «Asa und Gasa» (Band 1 und Band 2) darf frisch gedruckt Leser mit auf seine abenteuerlichen Reisen nehmen. Die Schweizer

Autorin Kathi Kaldewey hat Raphael zudem gebeten, Gedichte und Kurzgeschichten zu ihrem Ratgeber «Hilfe, es wird Weihnachten» beizusteuern (Herbst 2015, media-Kern).

All dies spornt Raphael an, weiterzuschreiben, um möglichst vielen Menschen Mut zu machen. Und auch, weil ihm das Schreiben einfach so viel Freude bereitet.

Mit diesen «Asa und Gasa»-Büchern erfüllt sich also Raphaels Herzenswunsch. Wer meint, dass seine Fantasie mit Band 2 dann erschöpft sein könnte, der irrt gewaltig. Es existiert bereits ein dritter (und teilweise sogar ein vierter) Teil. Ursprünglich wollte der Fontis-Verlag die ersten drei Bände in *ein* Buch packen. Dafür sollte Raphael die Texte kräftig kürzen, was ihm nicht besonders gut liegt. Er leidet mit jeder gestrichenen Wortsilbe fast körperlich mit. Neue Abenteuer zu erfinden, ja, das gelingt ihm weit besser. So war er überglücklich, als der Verlag entschieden hat, die Bände doch einzeln herauszubringen.

Mittlerweile ist er also mit Band 4 beschäftigt, und wer weiß, was ihm die nächsten Jahre noch so alles einfällt …

Immer wieder aufs Neue freue ich mich über Raphaels blühende Fantasie und die Weisheit in seinen Texten. Es macht mir große Freude, «Asa und Gasa» zu lesen, auch zum wiederholten Male! Daher möchte ich Sie, liebe Leserin, lieber Leser, nicht weiter aufhalten und wünsche allen eine höchst vergnügliche Zeit mit Tim und Daniel im Land der Zwerge!

Ulrike Müller, Raphaels Mutter

Danksagungen von Raphael

Meine Schullaufbahn ist eher ungewöhnlich verlaufen. Als ich erstmals der gähnenden Langeweile der Förderschule entkam und einzelne Stunden an der Regelgrundschule und im Gymnasium meinen Stundenplan aufpeppten, da wusste ich vor Glück kaum, wie mir geschah. Herzlichen Dank an Rektor Haunschild, sein Lehrerkollegium und meine Klassenkameraden, dass mir das DHG Aichach diese Möglichkeit bot!

Es wurde mir rasch ein Anliegen, meinen neuen, gesunden Klassenkameraden meine Situation zu verdeutlichen und auch mein Bedürfnis nach Inklusion. Gesunde und Behinderte sollten gleichermaßen lernen dürfen, voneinander und miteinander, so unverkrampft und natürlich wie möglich. Ich bin überzeugt, dass alle Menschen Talente haben, die freilich unterschiedlicher Natur sind und sich gerade dadurch gut ergänzen. Vorausgesetzt, man sortiert die Gesellschaft nicht schon im Vorfeld in verschiedene Gruppen.

Die Deutschschulaufgabe der 5. Klasse kam mir gerade recht. Es sollte eine Reizwortgeschichte werden, Frau Dollinger hatte uns die Wörter: «Zwerg – Kleiderschrank – Taschentuch» vorgegeben. Ich bin ihr rasend dankbar, dass ich dabeisein durfte und auch für dieses Thema, denn es gab mir die perfekte Rahmenhandlung für mein Buch vor. Das erste Kapitel in Band 1 entspricht meinem Schulaufgabenbeitrag von damals, im Frühjahr 2008. Alles weitere knüpfte daran an und entwickelte sich über die darauffolgenden Wochen, Monate und Jahre zu meiner Ferienbeschäftigung.

Dieses Buch ist nicht mein erstes gedrucktes Buch. Meine Autobiografie «Ich fliege mit zerrissenen Flügeln» hat sich vorgedrängelt. «Asa und Gasa» ist in weiten Zügen das erste Buch, das ich Buchstabe für Buchstabe getippt habe. Es steckt eine Menge Herzblut darin.

Fontis – Brunnen Basel erfüllt mir mit dieser Ausgabe meinen Kindheitstraum, daher danke ich dem Verlagsleiter Dominik Klenk, meinem Lektor Christian Meyer, sowie dem gesamten Team – Vera Hahn, Anne Helke & Co. – von Herzen!

Wenn man stumm ist, dann sind Methoden wie die Gestützte Kommunikation (FC) oder Unterstützte Kommunikation wie AAC von unschätzbarem Wert, da sie die Brücke zur Außenwelt darstellen. Einzig die Möglichkeit, sich zu verständigen – egal wie –, ermöglicht ein menschenwürdiges Dasein. Daher danke ich meinen Stützern, sprich meiner Mutter, meinen Schulbegleitungen und einigen meiner Therapeutinnen, über alle Maßen!

Das Schreiben hat mir maximale Freude bereitet. Und ich bete, dass Ihnen, liebe Leserinnen und Leser, mein Buch ebenso große Freude bereitet wie mir. Danke!

1. Die Zwergenherberge

Überall werden von Zeit zu Zeit Lack und Farbe nötig, nicht jedoch bei jenem alten, verzauberten Kleiderschrank, in welchem die Zwerge zu übernachten pflegen, wenn sie auf der Durchreise sind. Asa und Gasa sind am häufigsten zu Gast. Es gibt nicht mehr viele Kleidungsstücke in dem Schrank, aber ein vergessener Stapel Taschentücher dient Asa und Gasa als Bett und Bettwäsche.

Lange Zeit wusste ich nichts davon, denn der Schrank steht vergessen und verstaubt auf dem Dachboden meiner Großeltern. An die reale Existenz von Zwergen hatte ich bislang auch nicht geglaubt.

Das änderte sich am 60. Geburtstag meiner Oma, als ich mit meinen Cousinen und Cousins Verstecken spielte. Zwei Wochen zuvor hatten wir meinen elften Geburtstag gefeiert, und ich fühlte mich eigentlich schon zu erwachsen für dieses Spiel, doch mir war langweilig, und dieser Umstand erleichterte mir die Entscheidung, mitzuspielen.

Auf der Suche nach einem besonders guten Versteck stieß ich auf besagten Schrank und stieg hinein. Noch während ich die Türe zuzog, hörte ich ein leises Gerumpel, gefolgt von entsetzten Schreien. Ohne es zu wissen, hatte ich Asa und Gasa aus ihrem Taschentuchbett geschubst.

«Still! Pst ...»

Ich öffnete die Schranktür ein wenig, um sehen zu können, wer sich da schon vor mir im Schrank versteckt hatte, und erschrak ordentlich, als ich die beiden Zwerge verängstigt in der Ecke kauern sah.

«Hoppla! Ich heiße Tim, und wer seid ihr?»

Ich musste die Augen zusammenkneifen, um die beiden im Halbdunkel des Schrankes auszumachen. Viel konnte ich nicht erkennen. Ihre roten Kopfbedeckungen stachen hervor, und besonders groß konnten sie auch nicht sein, so viel war klar.

«Bitte tu uns nichts!», wimmerten sie. «Wir sind nur auf der Durchreise ...» Stotternd erzählten sie mir ihre ganze Geschichte.

Ich staunte nicht wenig. Alles erschien mir reichlich seltsam. Während sich Asa und Gasa mir vorstellten und von ihren Zauberkeksen berichteten, kniff ich mich mehrmals in den Arm. Das konnte doch wohl nicht wahr sein! Da saß

ich mitten am helllichten Tag in Omas Kleiderschrank und unterhielt mich mit Zwergen!

«Aber jetzt erzählst du uns auch von dir!», forderten meine neuen Bekannten einstimmig.

«Was wollt ihr denn wissen? Ich bin Tim, gehe in die fünfte Klasse, ärgere mich immer wieder über meine kleine Schwester und habe mich bis gerade eben tierisch gelangweilt! So Geburtstagsfeiern von Erwachsenen können echt öde sein!», begann ich gehorsam meinen Bericht.

Wir unterhielten uns eine Weile, dann schlossen wir Freundschaft, und ich versprach Asa und Gasa, sie nicht zu verraten. Es hätte mir sowieso niemand geglaubt.

Wie sie aussahen? Ich hätte es an jenem Abend nicht mehr zu sagen vermocht. Hätte man mich gefragt, so hätte ich vermutlich geantwortet: «Wie im Märchenbuch beschrieben, und rote Zipfelmützen hatten sie auch!»

2. Zwergen-Zauberkekse

Asa und Gasa waren bald darauf wieder da. Sie kamen von einer Geschäftsreise und waren höchst zufrieden mit ihrem Erfolg und außerordentlich uneinig darüber, wie es denn nun weitergehen solle. Ihr Handel mit Orakelsprüchen in Zwergen-Zauberkeksen war gut angelaufen. Sie hatten die Idee von den Chinesen geklaut, aber das störte sie nicht.

Nur wenige Zwerge reisten so viel und so weit wie sie. Anfangs hatten sie die Zauberkekse nur in ihrem Heimatort Pimpfia gebacken und verkauft, doch schon bald waren sie erneut vom Reisefieber ergriffen worden.

Mit einer erstaunlich großen Keksmenge hatten sich die beiden Zwerge auf den Weg gemacht: Ihr Ziel war Phantasia hinter den großen Bergen, da waren sie sich einig. Es war ein waghalsiges Unterfangen, doch schließlich hatten die wundersamen Bewohner Phantasias doch Gefallen gefunden, und die Zauberkekse verkauften sich prächtig. Mit leeren Taschen, aber gut gefüllten Geldbeuteln hatten meine neuen Freunde den Rückweg angetreten.

Nun saßen sie erschöpft in der Zwergenherberge, Omas altem Kleiderschrank, und debattierten eifrig, wie es weitergehen solle. Asa war schon immer der Weinerlichere und Verzagtere von beiden gewesen, er erwog, wieder nach Hause zu gehen, eine Zauberkeksfabrik aufzubauen und die Beziehungen zu Phantasia auszubauen.

Damit wollte sich Gasa jedoch keineswegs zufriedengeben. Er plädierte dafür, den Weltmarkt zu erobern, und das nächste Ziel sei Gigantia. Sie konnten sich nicht einigen und fragten mich um Rat.

Da ich von solchen Dingen jedoch nur wenig Ahnung habe, fragte ich, ob sie nicht noch ein paar Zauberkekse übrig hätten.

Die beiden verschwanden daraufhin, kopfüber in Taschen und Rucksäcken wühlend. Schließlich förderten sie drei Zauberkekse zu Tage. Sie hatten unter dem Transport etwas gelitten, schmeckten aber vorzüglich.

Im Inneren fand ich einen Zettel, darauf stand: «Sei gut zu Gästen, es könnten Engel sein!»

Asa las vor: «Warum in die Ferne schweifen, wenn das Gute liegt so nah?»

Und von Gasa war zu hören: «Wer nicht wagt, der nicht gewinnt!»

Das konnte ja wohl kein Zufall sein! Außerdem glaube ich eh nicht an Zufälle.

Wir sahen uns erstaunt an, dann brachen wir in fröhliches Gelächter aus. Asa und Gasa schlossen Frieden, und jeder von ihnen würde seinen eigenen Traum verwirklichen.

3. Verwechslungsgefahr

Asa sieht seinem Bruder Gasa zum Verwechseln ähnlich. Es sind Zwillinge, eineiige noch dazu, und ihre saubere Zwergen-Reiseuniform unterstreicht diese Tatsache durch ihre Gleichartigkeit mehr, als sie zu ihrer Unterscheidung beiträgt. Sie tragen beide braune Hosen und Schuhe, dazu tannengrüne Hemden und Umhänge. Ihre braungebrannten Gesichter blinzeln verschmitzt unter knallroten Zipfelmützen hervor. Dabei zieren zahlreiche Lachfältchen ihre strahlend blauen Augen und zwei Grübchen die roten Pausbacken.

Die beiden sind sich dieser Tatsache durchaus bewusst, und es scheint, als ob sie mich mit großem Vergnügen im-

mer wieder austricksen. Seit sich ihre beruflichen Wege getrennt haben, reisen sie auch öfter allein: Asa nach Phantasia und Gasa nach Gigantia, Futura, Minima, Querulantia, Pluralia und zu anderen exotischen Orten. Man hätte sie vielleicht an ihrer Gesichtsfarbe unterscheiden können, denn Asa war etwas blasser als sein abenteuerlustiger Bruder, doch der direkte Vergleich war mir nur selten vergönnt.

So kam es, dass ich statt Gasa Asa über seine Abenteuer befragte und mich bei Gasa im Gegenzug nach dem Stand der Zauberkeksfabrik erkundigte.

Auf diese Weise erfuhr ich einiges über die Startschwierigkeiten der Zauberkeksfabrik, insbesondere die Qualität der Orakelsprüche ließe bisweilen zu wünschen übrig.

Und «Gasa» berichtete wenige Tage später von einem Schiffsuntergang und seiner glücklichen Rettung. Alles war rasend spannend anzuhören, und ich war fest überzeugt, die Berichte aus erster Hand zu erhalten. Als er jedoch von den Einwohnern Gigantias sprach und diese als Pixis beschrieb, wurde ich sehr skeptisch! Damit sich Gasa (in Wahrheit also Asa) weiterhin in Sicherheit wog, hörte ich seiner Geschichte zu, nun noch aufmerksamer als zuvor. Dann erkundigte ich mich vorsichtig nach den Lieferbedingungen für die Orakelsprüche und lachte über sein verdutztes Gesicht! Ich war Asa auf die Schliche gekommen, der sich mal wieder für Gasa ausgegeben hatte.

4. Die Zwergenbotschafter

Allmählich lernte ich Asa und Gasa besser kennen, und immer öfter gelang es mir auch, sie auseinanderzuhalten. Im Laufe der Zeit erfuhr ich viel über das Leben der Zwerge. Es ist dem unsrigen gar nicht unähnlich, nur in allem viel kleiner und für die meisten Menschen unsichtbar. Ihr Land scheint aber deckungsgleich mit Deutschland zu sein, so, wie sich die meisten von Gasas Reisezielen offenbar in Europa befinden: Die Riesen wohnen im Riesengebirge, Elfen und Feen in Frankreich, und die Wichtel und Gnome sind in Skandinavien zu Hause.

Beide Welten scheinen zeitgleich nebeneinander zu existieren, ohne sich wesentlich zu beeinträchtigen! Es gibt nur wenige Schnittstellen, so genannte «magische Orte», an denen sich beide Welten berühren und eine Begegnung der jeweiligen Einwohner möglich wird! Sogar fantasiebegabten Menschen wie mir erscheint dies sehr seltsam. Aber offensichtlich sind Begegnungen dieser Art echt nicht vorgesehen, sondern seltene Ausnahmen.

Wie auch immer, bei Omas altem Kleiderschrank scheint es sich um einen magischen Ort zu handeln, und ich betrachte es als große Ehre, beide Welten erleben zu dürfen! Da Asa und Gasa und ich nun sozusagen Botschafter geworden sind, haben wir beschlossen, unsere Erlebnisse niederzuschreiben. Denn wer weiß, wann und wo unsere Welten wieder aufeinanderstoßen werden? Asa sagte mir, dass nur in ihren Märchenbüchern von Menschen die Rede sei.

«Jeder erwachsene, halbwegs vernünftige Zwerg hält Menschen für Fantasiegeschöpfe», berichtete Gasa und konnte sich das Grinsen nicht verkneifen.

Dann hatte ich die Idee! «Wir könnten Fotos austauschen!», schlug ich vor. Meine Stimme überschlug sich fast vor Aufregung.

«Cooler Einfall!», stimmte mir Asa zu. «Das könnte funktionieren.»

Er bat mich um Fotos als Beweisstücke. Ich selbst machte etliche Fotos von Asa und Gasa, doch seltsamerweise konnte man auf den entwickelten Bildern nicht die geringste Spur von ihnen entdecken. Meine Eltern wunderten sich über das sonderbare Motiv: das Innere eines halbleeren Kleiderschranks.

5. Zwergenzeit

Ähnlich überrascht reagierten meine Eltern auf meine häufigen Besuche bei Oma, und diese wiederum wunderte sich, dass ich die meiste Zeit auf dem Dachboden verbrachte. Im Winter wurde es noch toleriert, aber nun wurde es Sommer, und alle waren sich einig, dass ich draußen an der frischen Luft spielen sollte! Allmählich gingen mir die Ausreden aus, und die Wahrheit durfte ich ja auch nicht sagen!

Die Zwerge und ich vereinbarten daraufhin feste Zeiten. Wir stellten jedoch mit Verwunderung fest, dass Zwergenuhren völlig anders ticken als unsere! Auch ihr Kalender entspricht nicht dem gleichen System. Es dauerte ein Weilchen, bis wir es bemerkten, und dann rauchten unsere Köpfe. Schließlich hatte ich den rettenden Einfall: Omas Mondkalender kam der Sache näher. Der entsprach ziemlich genau unserem normalen Kalender. «Hurra!»

Das Uhrenproblem gestaltete sich weit schwieriger. Eine Zwergenstunde dauert nicht sechzig, sondern hundert Minuten. Mathematik ist nicht meine Stärke, darum versetzte

ich meine kleinen Freunde mehrmals. Irgendwann wurde es ihnen zu dumm, und sie schenkten mir eine Zwergenuhr. Seitdem klappt es besser, doch es bleibt spannend mit den beiden.

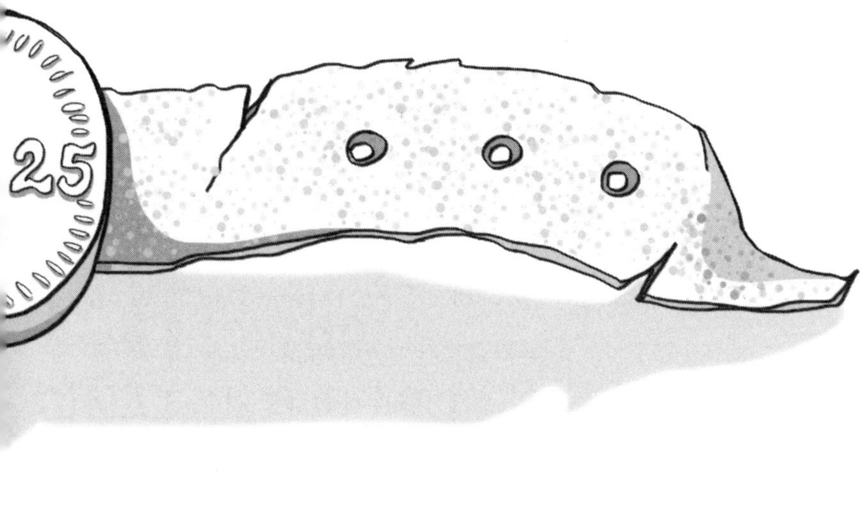

6. Freundschaftsdienst

Asa fragte mich neulich ganz aufgebracht, was wir Menschen machen, wenn wir versprochene Ware nicht geliefert bekämen.

Er war ganz verzweifelt: «Was soll ich bloß tun? Wenn die Orakelsprüche nicht bald geliefert werden, dann bin ich ruiniert! Dann war alles umsonst!» Erschöpft sank er auf das Taschentuchbett und sah mich fragend an.

Ich blinzelte ebenso ratlos zurück, irritiert, dass Gasa vor kurzem, offenbar ohne es selbst zu wissen, eine wahre Geschichte erzählt hatte. Rasch erfuhr ich weitere Details: Asa hatte sich damals gleich auf die Suche nach geeigneten Arbeitern für seine Zauberkeksfabrik gemacht und war auch fündig geworden; sehr zufrieden und mit großem Erfolg konnte er die Produktion starten. Das Rezept für den Keksteig stammte von seiner Urgroßmutter und war streng geheim.

Das Wesentliche seien jedoch die Orakelsprüche. Es sei eine Auflage der Firma, bei jeder Lieferung neue Sprüche zu verwenden. Nun war ausgerechnet die junge Zwergendame, welche die Sprüche recherchierte, an einer sehr seltenen Erkrankung eines ihrer Kinder zerbrochen und in Depressionen verfallen! Die Orakelsprüche kämen seitdem nur mehr sporadisch, und die Zauberkeksfabrik sei in arge Bedrängnis geraten.

«Warum kündigst du der Dame nicht?», wollte ich wissen.

«Das kann ich doch nicht machen! Sie ist doch schon gestraft genug!» Asa war schockiert. «Außerdem gibt es in ganz Pimpfia und Umgebung niemanden, der so belesen ist wie sie!»

Wir dachten angestrengt nach. Nach langer Debatte hatte ich die Idee: Ich würde bei der Stadtbücherei ein Zitatebuch ausleihen und im Internet nach Sprüchen für meinen Freund suchen. Er war so erleichtert, dass er mich vor Freude küsste!

Was die Sache erschwerte, waren die bevorstehenden Ferien, denn meine Eltern hatten Urlaub gebucht, und es sollte schon am übernächsten Tag losgehen. Als ich am nächsten Tag in die Bücherei radeln wollte, verbot es meine Mutter: «Kommt gar nicht in Frage! Wir nehmen keine fremden Bücher mit in den Urlaub! Du hast genug eigene Bücher!»

Dann wollte ich an den Computer, doch er funktionierte nicht. *Frust!* Völlig entnervt suchte ich daraufhin alle Briefe, Geburtstagskarten und die Poesiealben meiner Schwester ab; sehr ergiebig war die Ausbeute aber nicht!

Abends entdeckte ich bei meiner Großmutter ein Zitatebuch. Dummerweise stand es ganz oben im Regal. Ich holte einen Stuhl und – weil das noch nicht reichte – eine Kiste dazu und kletterte die wackelige Konstruktion hinauf. Nun reichte es, aber als ich nach dem Buch griff, kam es, wie es kommen musste: Ich purzelte mit lautem Getöse zu Boden, das Buch segelte hinterher! Zum Glück habe ich mir nur blaue Flecke geholt, aber weh tat es doch! Oma war so froh, dass ich mir nichts gebrochen habe, dass sie mir das Buch auslieh, ohne weiter nachzufragen.

Asa strahlte später vor Freude! «Du bist ein Schatz!» Er versprach, mir seinerseits ebenfalls zu helfen, wann immer ich ihn brauchte!

Als ich abends nach Hause kam, hielten mir meine Eltern eine ordentliche Standpauke: «Wo hast du bloß wieder gesteckt? Es ist ganz schön egoistisch von dir, nicht beim Packen zu helfen!»

Bin ich das wirklich??

7. Im Inneren der Keksfabrik ...

Ob Zwerge wohl auch die Formeln von Ellipsen, Quadraten und anderen geometrischen Formen lernen müssen? Die Ferien waren vorbei und der Mathematikunterricht überraschend langweilig. Asa und Gasa sollten bald eintreffen, und ich war entsprechend ungeduldig. Was sie wieder erlebt hatten, fragte ich mich, und ob sie pünktlich kommen würden?

Geometrie wurde im Verlauf der Schulstunde immer unerträglicher, und ganz übel, als es um die Erteilung der Hausaufgabe ging: Der Lehrer hörte gar nicht mehr auf mit Schreiben. Ich war schon so frustriert, dass mir die Zahlen und Buchstaben vor der Nase tanzten. Doch dann kam die erlösende Schulglocke. Wir stürzten alle aus dem Klassenzimmer in den wohlverdienten Schulschluss.

Auf dem Weg nach draußen staute es sich wie üblich, denn alle hatten das gleiche Ziel, und keiner konnte warten. Zu allem Überfluss war Daniel mit seinem Rollstuhl weiter vorne in der Schlange, und das bremste und nervte mich gewaltig. Während seine Begleitung Tina damit beschäftigt war, zugleich mit der einen Hand die Türe zu öffnen und mit der anderen den Rolli zu manövrieren, verdrehte ich ärgerlich die Augen. Sahen die anderen nicht, dass es schneller ging, wenn sie helfen würden?

Zu Hause schlang ich das Essen hinunter, verschluckte mich mehrmals und heimste sorgenvolle wie auch tadelnde Blicke meiner Eltern ein. Meine Hausaufgaben erledigte ich rasant und unordentlich. Mein Lehrer würde bei mir wohl mehr von seiner roten Farbe benötigen als bei den anderen. Aber egal. Ich packte zusammen, rief noch ein kurzes «Tschüss» in die Küche und sprang auf mein Fahrrad.

Bald kam ich bei meiner Oma an, musste aber noch ihre Umarmungen und Fragen über mich ergehen lassen, bis ich auf den Dachboden kam. Schnell öffnete ich den Kleiderschrank in der Hoffnung, meine zwei Freunde zu sehen, doch zu meiner Enttäuschung lag da nur ein kleiner Zettel, worauf stand: «Sind Montagnachmittag wieder da.»

Montag war heute, also mussten sie tatsächlich bald eintreffen. Das Warten war unerträglich, immer wieder lief ich hoch und sah nach, aber jedes Mal war der Schrank leer.

Es wurde Abend, bis Asa kam, Probleme in der Fabrik hatten ihn aufgehalten. Gasa war noch nicht von seiner Reise zurück.

Ich berichtete inzwischen von meinen langweiligen, weil zwergenfreien Ferien. Asa hatte wohl andere Sachen im Kopf, denn bald merkte ich, dass er nur mit halbem Ohr zuhörte.

Als ich ihn fragte, was los sei, erzählte er mir, dass ein paar seiner Arbeiter gekündigt hatten, weil das Gerücht umging, dass es in der Zauberkeksfabrik spukte. Es hieß, dass Sachen verschwanden und ganz woanders wieder auftauchten. Auch hätte ein Mitarbeiter gesehen, wie sich ein Stuhl von selbst bewegte.

Ich hörte gespannt zu und konnte es erst gar nicht glauben, doch nach reichlichen Überlegungen dachte ich mir: *Die Zwerge gibt es ja auch, also warum sollte es keine unsichtbaren Wesen geben, die sich einen bösen Scherz oder Streich erlauben mit uns?*

Ich hatte wohl laut gedacht, denn Asa erwiderte: «Papperlapapp! Da treibt irgendjemand seinen Schabernack mit uns.»

Kaum hatte er den Satz beendet, sagte eine Stimme vom obersten Fach: «Was ärgert dich wieder, Brüderchen?»

Es war Gasa, der uns zulächelte und langsam zu uns hinunterstieg.

Nach einer lustigen Begrüßung erzählte Asa auch seinem Bruder die ganze Geschichte. Gasa hörte geduldig zu, und als Asa mit seiner Geschichte fertig war, antwortete er: «Irgendjemand will dir dein Geschäft vermiesen. Und wir müssen bald herausfinden, wer das ist. Sonst kannst du keine Kekse herstellen, und ich kann sie nicht verkaufen.»

Wir diskutierten lange, wie man die «Gespenster» auf die Probe stellen könnte. Dann wurde es Zeit fürs Bett, und wir umarmten uns zum Abschied. Asa und Gasa versprachen: «Wir kommen wieder, sobald sich alles aufgeklärt hat, und berichten dir die Neuigkeiten!»

8. Ein Gespenst treibt sein Unwesen!

Die Geschichte ging mir gar nicht mehr aus dem Kopf. Asa war ja nun wirklich nicht zu beneiden: erst der Stress mit den Orakelsprüchen, dann die Gespenster! Und ich hatte immer gedacht, Gasa hätte den spannenderen Part gewählt!

Die Tage schleppten sich dahin. Ich löcherte inzwischen die ganze Familie mit Fragen über Gespenster und ließ mir sämtliche ihnen bekannte Spukgeschichten mehrmals erzählen. Irgendwann – so hoffte ich – würde die rettende Idee kommen. Dem war leider nicht so. Dafür wurde meine Familie allmählich misstrauisch.

«Woher kommt auf einmal dieses Interesse für Spukgeschichten?», wollten meine Eltern wissen.

Ich wich aus: «Das machen wir gerade im Deutschunterricht.» Tatsächlich nahmen wir Sagen durch, aber die waren ja manchmal auch ganz schön gruselig.

Als Asa und Gasa dann endlich wiederkamen, hatten sie viel zu erzählen:

Sie waren nach Pimpfia geeilt, so schnell sie konnten. Mit großer Mühe hatten sie die verbliebenen Arbeiter beruhigt, die inzwischen von weiteren Auffälligkeiten berichteten. Asa und Gasa waren fest entschlossen, der Sache auf den Grund zu gehen. Sie wunderten sich sehr über die seltsamen Vorkommnisse, das konnte so nicht weitergehen, mittlerweile waren ja alle Mitarbeiter einschließlich ihrer Familien völlig verstört! Wenn sich nicht bald etwas änderte, würden sie die Fabrik schließen müssen!

Asa kümmerte sich um seine Leute und die Geschäfte,

während sich Gasa auf die Lauer legte. Merkwürdigerweise passierte daraufhin erst mal gar nichts. Am dritten Tag beschlossen die völlig übermüdeten Brüder, abends ganz normal nach Hause zu gehen.

Früh am nächsten Morgen erwartete sie das Chaos: Der Geist hatte wieder sein Unwesen getrieben, und die Arbeiter waren außer sich! Diesmal war der Inhalt sämtlicher Mitarbeiterfächer vertauscht und deren irritierte Besitzer wussten nicht, ob sie das Gespenst verdächtigen oder aber sich gegenseitig des Diebstahls bezichtigen sollten! Das war ja wie verhext!

Asa und Gasa verließen an diesem Abend das Fabrikgebäude, schlichen aber kurz darauf zum Hintereingang wieder hinein und versteckten sich.

Sie mussten gar nicht so lange warten: die Putzfrau kam, wie jeden Abend, und mit ihr kam ihr zwölfjähriger Sohn. Er machte sich sogleich ans Werk und vertauschte Werkzeuge, plünderte Backzutaten, schaffte ein riesiges Durcheinander ...

Er hätte bestimmt noch weit mehr Unfug angerichtet, hätten nicht Asa und Gasa mit einem Mal neben ihm gestanden. Völlig verdutzt folgte er den beiden ins Chefbüro, während seine schockierte Mutter in Tränen ausbrach.

Widerwillig gestand der Junge: «Am Anfang war es pure Langeweile. Ist ja auch echt ätzend, hier jeden Abend tatenlos einfach nur zu warten.» Dann habe er am ganzen Trubel Spaß gekriegt. Schließlich sei ein vornehmer Herr gekommen und habe ihm sogar Geld dafür geboten.

Hier wurde Asa hellhörig. Es steckte also doch mehr dahinter als ein dummer Jungenstreich. «Wer war dieser Herr? Wie sah er denn aus? Kennst du seinen Namen?»

Vor Aufregung merkte Asa gar nicht, dass er sich wiederholte.

Der junge «Gespenstermann» war nicht sonderlich willig, seinen Geldgeber zu verraten. Er wollte ja schließlich sein – wie er meinte – wohlverdientes Taschengeld nicht gefährden. Asa schäumte vor Wut!

Gasa übernahm das Verhör. Wie befürchtet, handelte es sich bei dem feinen Herrn um Röx, den Erzfeind der Familie, der ebenfalls eine Backwarenfabrik besaß.

Der junge Gespenst-Imitator gelobte, nicht mehr zu spuken. Die Stimmung stieg, die Firma war gerettet. Nach einiger Zeit stellte sich sogar heraus, dass der Trubel die Keksfirma berühmt gemacht hatte. Herr Röx hatte sein Ziel nicht erreicht, ganz im Gegenteil!

Gespannt lauschte ich dem Bericht meiner Freunde und atmete erleichtert auf. Die ganzen Spukgeschichten waren mir wirklich nicht geheuer! Wir feierten ausgiebig mit einem Picknick im Schrank. Hierfür plünderte ich die Vorratsschränke meiner Großmutter. Sie wunderte sich ein paar Tage später über die Kekskrümel auf der Treppe vor dem Dachboden.

Asa und Gasa gönnten sich ein paar Urlaubstage, die wir weitgehend zusammen verbrachten. Dann trennten sich unsere Wege für eine Weile.

9. Elliptica

Asa kam nun nicht mehr so häufig vorbei, aber Gasa besuchte mich in regelmäßigen Abständen und hatte immer Interessantes zu berichten.

Erst vor Kurzem fand ich ihn mal wieder im Kleiderschrank. Er war so erschöpft, dass er einen Tag und eine Nacht schlief, kurz das Frühstück verspeiste, welches ich ihm hingestellt hatte, und dann einen weiteren Tag und die darauf folgende Nacht einfach nicht wachzurütteln war. Ich machte mir ernsthaft Sorgen und kontrollierte mehrmals seine Temperatur. Es war nicht leicht, mit einem Menschenthermometer einen schlafenden Zwerg zu untersuchen! Nach mehreren Messversuchen kam ich zu dem Schluss, dass Gasa nicht krank, sondern schlicht k.o. war! Fragte sich nur, weshalb?

Meine Geduld wurde wieder ganz schön strapaziert. Entsprechend schlecht gelaunt ging ich meiner Familie auf die Nerven!

Vor lauter Langeweile las ich sogar in der Schülerzeitung, die gerade erschienen war. Die Artikel sprachen mich nicht sonderlich an, nicht in dieser Stimmung! Nur die Gedichte vermochten meine Aufmerksamkeit zu fesseln. Ich blickte auf die Quellenangabe: «(Daniel, Klasse 5a)», stand da. Ob das der Junge war, den ich neulich im Rollstuhl gesehen hatte?, fragte ich mich.

Dann dachte ich wieder an meinen erschöpften Freund. Wüste Gedanken gingen mir durch den Kopf. Ich rätselte, was passiert sein mochte. Aber ich musste mich wohl gedulden, bis Gasa wieder ansprechbar war.

Endlich, ich wagte es schon kaum mehr zu hoffen, wachte

er auf. Er blinzelte verstohlen unter seiner Taschentuchdecke hervor, als ich die Schranktüre öffnete. Dann räkelte und streckte er sich genüsslich, gerade so, als wäre es das Natürlichste auf der Welt, so lange zu schlafen. Anschließend brach er in schallendes Gelächter aus, als er mein erstauntes Gesicht sah! Vor Erleichterung lachte ich mit.

Ich erklärte Gasa, wie lange er geschlafen hatte, und erkundigte mich: «Wieso warst du denn so kaputt?»

«Ziemlich verrückte Geschichte!», begann Gasa. «Du kannst dich bestimmt noch an unseren letzten Besuch erinnern. Asa wollte unbedingt nach Pimpfia zurück. Die Gespenstergeschichte hatte ihm doch sehr zugesetzt, und er traute dem Frieden nicht. Herrn Röx war ja alles zuzutrauen. Ich machte mich damals auf den Weg nach Elliptica, ein exotisches Land, von dem ich tolle Dinge gehört hatte. Dort ist alles elliptisch, sogar die Rathäuser, die Teller und die Autos. Das wollte ich unbedingt mit eigenen Augen sehen! Es war aber viel weiter, als man mir gesagt hatte, und man muss ein fürchterlich hohes Gebirge überqueren.»

Gasa überlegte kurz: «Vielleicht sollte ich die Landkarten überarbeiten und auch damit Handel treiben ...» Gasa freute sich so über seine neue Geschäftsidee, dass er seinen Reisebericht beinahe vergessen hätte.

«Und? Ist in Elliptica wirklich alles elliptisch?», drängelte ich.

«Aber sicher! Was glaubst du? Unsere quadratischen Zauberkekse waren die Sensation! Man hat sie mir buchstäblich aus den Händen gerissen! Aber dann wurde es mit einem Mal brenzlig.»

Gasa standen plötzlich die Haare zu Berge. Mit gerunzelter Stirn erzählte er weiter: «Da haben sie festgestellt, dass sie die Orakelsprüche nicht lesen konnten, und fühlten sich betrogen!» Gasa wischte sich den Schweiß von der Stirn.

«Was haben sie dann gemacht?», fragte ich.

Gasa holte tief Luft und erzählte weiter: «Auf einmal umringten Soldaten meinen provisorischen Verkaufsstand und bedrohten mich mit Säbeln. Sie nahmen mich gefangen und führten mich gefesselt ab. Ganz benommen torkelte ich ihnen hinterher, geradewegs in den Kerker. Stell dir vor, sogar die Zelle, in der sie mich einsperrten, war elliptisch! Das fand ich nun gar nicht mehr schön, sondern schlicht zum Verzweifeln. Ratlos saß ich deshalb dort auf einer schäbigen Pritsche und fragte mich, ob ich Asa und dich jemals wiedersehen würde. Nach ein paar Tagen fand eine Gerichtsverhandlung statt.»

Gasa sah nachdenklich drein. Ich hatte vor Aufregung angefangen, an den Fingernägeln zu kauen.

«Und?», ich musste einfach wissen, wie es weiterging.

«Ich wurde dazu verurteilt, jedem Bewohner Ellipticas seinen Orakelspruch zu übersetzen. Das war eine ziemlich bittere Strafe, denn schließlich spreche ich nicht besonders gut Elliptisch. Es kostete mich ein kleines Vermögen, ein Wörterbuch zu bekommen. Dann tat ich Tag und Nacht nichts anderes, als Orakelsprüche zu übersetzen. Ich kann schon keine Sprüche mehr sehen! Schließlich ließen sie mich frei und jagten mich fort.»

Gasa sah noch immer mitgenommen aus. «Ich muss mit meinem Bruder reden. Wir brauchen dringend Dolmetscher.»

Ich überwand meine Sprachlosigkeit und stammelte: «Gute Idee!»

10. Im Zwergenland

Endlich Wochenende. Ich überredete meine Eltern, bei meiner Großmutter übernachten zu dürfen. Mit meinem Schlafsack auf dem Gepäckträger und einem Rucksack auf dem Rücken fuhr ich zu ihr. Von meinem Plan, auf dem Dachboden zu übernachten, war Oma wenig begeistert, aber ich konnte auch sie überreden.

Gespannt, was meine Freunde diesmal zu erzählen hatten, schlug ich mein Nachtlager auf. Ich musste nicht lange warten, da kam Gasa auch schon von seiner weiten Reise aus Pluralia zurück. Er freute sich sehr, als er erfuhr, dass ich eine ganze Nacht bleiben würde. Asa kam etwas später, aber dafür gut gelaunt an.

Wir setzten uns auf meinen Schlafsack, um Pläne zu schmieden.

Erst mal fiel uns gar nichts Vernünftiges ein.

Dann meinte Gasa plötzlich: «Eigentlich gäbe es da schon etwas.» Während er das sagte, sah er seinen Bruder vielsagend an.

Dieser schüttelte heftig den Kopf und sagte: «Das ist nicht dein Ernst! Das hat seit 1400 Jahren keiner mehr gewagt.»

Das machte mich neugierig, und ich fragte nach.

Asa protestierte heftig, aber Gasa klärte mich auf, dass es einen Zauberstaub gäbe, womit ich auf Zwergengröße schrumpfen und in das Zwergenland reisen könnte.

Das wollte ich unbedingt!

Asa warnte mich eindringlich: «Wenn dich jemand erkennt, gibt es keinen Weg zurück!»

Ich überlegte einen Moment. «Wir machen es trotzdem!», erklärte ich mit Nachdruck. Ende der Diskussion.

Gasa verschwand in der hintersten Ecke des Kleiderschrankes und holte ein kleines Säckchen mit einer sandartigen, glänzenden Substanz hervor. Diese Sandkörner schienen sich irgendwie zu bewegen.

«Bist du bereit?»

Gasa bat mich, mich so hinzusetzen, dass er den Staub über meinen Kopf schütten konnte. Als er dies tat, merkte ich, wie die Körner in meiner Nase, in meinen Ohren, in meinem Mund und sogar vor meinen Augen tanzten. Es kitzelte so heftig, dass ich niesen musste. Als ich danach aufblickte, traute ich meinen Augen nicht.

Jetzt konnte ich Asa in die Augen sehen! Gasa winkte mir von oben herunter. Der Kleiderschrank war nun so riesig, dass ich mich fragte, wie meine Freunde jeden Tag diese Fächer hoch- und runterstiegen. Ich durfte es selbst herausfinden, denn wie ich erfuhr, war der Eingang zum Zwergenland oberhalb des Schrankes. Also stieg ich mit Hilfe meiner Freunde die Tür hinauf.

Es ging langsam voran. Oben angekommen, riss ich kurz die Augen auf, denn an der Wand hinter dem Schrank öffnete sich ein Tor, aus dem grelles Licht leuchtete. Ich sah Gasa und Asa unsicher an, die packten mich kurzerhand – einer rechts, einer links – und zogen mich durch das Lichtfeld durch. Was ich dann sah, übertraf alles, was ich bisher kannte. Es war wundervoll. Eine Weile war ich nur mit Schauen beschäftigt. Es gab bunte Häuser, die aussahen, als wären sie aus Lebkuchen, Autos, die aus Schokolade schienen, sowie Ampeln aus Zuckerstangen. Was mir aber am meisten gefiel, war das freudige Gefühl, das mich nun erfüllte. Es war, als wären hier alle glücklich.

Gasa tippte mir auf die Schulter. Asa war schon vorausgegangen und stieg den Hügel hinunter. Ich staunte nicht schlecht, als der See, an dem wir vorbeiliefen, nach Limonade roch. Die Bäume trugen statt Äpfeln Zuckerwatte, und die Sträucher waren aus purer Zuckerglasur. Meine Mutter ist Zahnärztin, sie wäre wohl wenig begeistert.

Als wir weiterliefen, bemerkte ich verschiedene Tiere, die unseren sehr ähnlich waren und doch anders aussahen. Eichhörnchen mit bunten Schwänzen, Rehe mit leuchtenden Hörnchen und noch viele andere.

Bald kamen wir in die Stadt. Wir mussten uns vorsehen, damit mich keiner entdeckte, ehe wir das Haus meiner Freunde erreichten. Dort angekommen, atmeten wir erst mal erleichtert auf. Asa suchte eine Zwergenhose, einen Zwergenpullover, eine rote Zipfelmütze und lederne Zwergenstiefel für mich.

«Zieh das an!», befahl er.

Ich gehorchte ohne Widerrede, seine Warnung war deutlich gewesen. Ich versteckte meine ganz und gar nicht spitzen Ohren unter der Mütze.

Als ich mich im Spiegel ansah, wusste ich nicht, ob ich nun lachen oder weinen sollte. Lange brauchte ich nicht zu überlegen, denn Asa und Gasa brachen in schallendes Gelächter aus, als ich aus dem Zimmer trat. Da lachte auch ich.

Dann gingen wir los, die Stadt zu erkunden. Falls ihr gedacht habt, es gäbe nichts mehr zu staunen, dann habt habt ihr euch getäuscht!

Ja, ihr habt euch getäuscht! Die Straßen waren voll mit Spielsachen. In den Läden fand man alles, was ein Kinderherz begehrt. Bezahlt wurde mit dem, was man gerade dabei hatte. Eigentlich tauschte man eher, als zu bezahlen. Die Zwerge, die an mir vorbeiliefen, waren freundlich und vergnügt.

Von weitem hörte ich Musik. Gasa erklärte mir, dass ein Konzert der bekannten Band Zwerginski stattfand. Als wir uns dem Konzertplatz näherten, sah ich fünf Zwerge auf der Bühne mit goldenen und silbernen Mützen. Das, was sie anhatten, war noch viel komischer. Die Hosen waren abwechselnd grün und blau und die T-Shirts rot und lila.

Plötzlich hielt mich Gasa fest und sagte: «Bevor die Sonne untergeht, müssen wir wieder zurück.»

Stimmt! Irgendwie sind hier Tag und Nacht vertauscht.

Komisch, dass mir das erst jetzt auffiel. Ich sah auf den Horizont, lange brauchten wir nicht mehr zu warten. Wir fingen an zu rennen und erreichten gerade noch das Tor, bevor es sich schloss.

Japsend kamen wir im Kleiderschrank an. Erst jetzt fiel mir ein, dass meine Kleidung noch im Zwergenland war. Meine Freunde streuten mir diesmal einen anderen Zaubersand über den Kopf, und nach einer erneuten Niesattacke saß ich da –

in meiner vollen Größe, aber in völlig falscher Kleidung – und überlegte mir, wie ich das meiner Familie erklären sollte.

11. Haufenweise Kisten

Da saß ich nun auf meinem Schlafsack, ich Riesenzwerg, und grübelte. Asa und Gasa konnten mir meine Kleidung wiederbringen, aber nicht so schnell, wie ich sie brauchte, denn das Tor war für heute schon geschlossen.

Vielleicht sollte ich mich nach unten schleichen … Da fiel mir ein, dass Opa eine Alarmanlage hatte einbauen lassen. Dummerweise wusste ich nicht, wie man sie ausschaltete! Plan A kam also nicht in Frage.

Ich brauchte einen Plan B. War ja auch zu dumm von mir: Ausgerechnet diesmal hatte ich keine Ersatzklamotten, sondern nur den Toilettenbeutel und eine frische Unterhose eingepackt! Damit würde ich nicht weit kommen. Ich sah an mir hinunter: Mit den Zwergenkleidern sah ich aus wie im Fasching.

«Fasching!», rief ich, «das ist es!»

Asa und Gasa sahen mich fragend an und folgten mir neugierig, als ich mich aufmachte, den Dachboden zu durchforsten. Irgendwo gab es hier eine Schatztruhe mit allerlei Faschingskleidern, da war ich mir sicher! Aber ich wusste nicht, wo.

Asa fragte mich: «Was suchst du denn?»

Schnell erklärte ich den beiden, was Fasching ist und was ich vorhatte.

Warum sahen bloß alle Kisten so gleich aus? Oma hatte uns oft von den tollen Faschingsfesten erzählt, und da sie kaum etwas wegwirft, mussten die Kostüme noch irgendwo sein. Wir waren ganz schön lange mit Suchen beschäftigt und nahe dran, aufzugeben. Da rief Asa aus der hintersten Ecke des Raumes: «Ich glaub, ich hab's!»

Tatsache! Als wir Asa in dem Kistenlabyrinth fanden, hatte er bereits angefangen, besagte Kiste auszupacken, und das skurrile Oberteil eines Faschingskostüms zu Tage gefördert! Wir rätselten gemeinsam: Marsmensch vielleicht? Oder Meerjungfrau? ... Dann lachten wir über ein Clownskostüm und das einer Haremsdame. Wir hatten eine Riesengaudi!

Gasa meinte: «Fasching macht bestimmt Spaß! So was sollten wir bei uns auch mal einführen!»

Da rief mich meine Oma zum Frühstück hinunter.

Asa und Gasa flitzten zum Schrank.

«Viel Glück!»

«Bis bald!»

Dann waren sie weg.

«Ich komm ja schon!», rief ich und eilte die Treppe hinunter. Mit jedem Schritt wurde mir mulmiger zumute.

Oma hörte mich kommen: «Na, hast du gut geschlafen?»

«Ja, super!», gab ich vor. Dabei fiel mir ein, dass ich überhaupt nicht geschlafen hatte. Oma drehte sich zu mir um und ließ vor Schreck beinahe die Kaffeekanne fallen.

«Ja, wie schaust du denn aus?!»

«Ich habe deine Faschingskiste gefunden», sagte ich so ruhig wie möglich. «Das ist doch ein cooles Kostüm für nächsten Fasching, oder?»

«Ja sicher!», lachte sie, während ich mich im Kreis drehte, damit sie mich von allen Seiten begutachten konnte. «Das steht dir sogar sehr, sehr gut! Aber jetzt komm frühstücken, ich habe Hunger!»

Frühstück bei Oma ist immer richtig lecker. Diesmal trödelte ich besonders und würde dann noch den ganzen Tag bei Oma bleiben, damit Asa und Gasa genügend Zeit hatten, meine Kleider zu holen.

Mit einem Mal wurde Oma nachdenklich: «Komisch, ich kann mich an viele Feste und Kostüme erinnern, aber an kein Zwergenkostüm.» Ich hielt die Luft an. Dann schüttelte sie den Kopf und meinte: «Ach was, vielleicht werde ich jetzt vergesslich und senil!?»

12. Asa hat sich verliebt

Asa schrieb mir einen Brief. Ich fand ihn eines Tages im Schrank:

Lieber Freund!

Leider haben wir uns heute Nacht verpasst, und ich kann nicht länger warten. Stell Dir vor, ich bin mit einer jungen Zwergendame verabredet! Bin schon ganz aufgeregt!

Liebe Grüße und bis bald! Für immer, Dein Asa

Ich las den Brief mehrmals; erst enttäuscht, dann wütend und schließlich neugierig. Wer war die geheimnisvolle Zwergendame? Wo hatte er sie kennen gelernt? Und wie sah sie aus? Tausend Fragen schossen mir durch den Kopf.

Gasa kam von einer seiner Geschäftsreisen zurück und fand mich grübelnd im Kleiderschrank sitzen.

Ich berichtete ihm die Neuigkeiten. Er staunte nicht schlecht!

«Das ist ja seltsam, er hat mir ja gar nichts erzählt.» Gasa war auf einmal ganz hibbelig vor Aufregung. «Weißt du, was? Wenn das so ist, dann können wir hier lange sitzen und auf Asa warten! Ich werde nach Pimpfia gehen und die Lage auskundschaften! Kommst du mit?»

«Nein, das geht heute leider nicht, weil ich morgen eine Schulaufgabe schreiben muss!»

Gasa war nicht zu bremsen: «Schade, dann beeile ich mich und komme so schnell wie möglich wieder!»

So ein Frust! Jetzt war ich schon wieder allein. Wie sollte ich denn da lernen können? Ich platzte fast vor Neugierde! Trotzdem wollte ich die Zeit so gut wie möglich nutzen und packte meine Bücher aus. Überzeugend weit kam ich nicht, weil meine Gedanken immer wieder abschweiften, aber immerhin half es, mein Gewissen zu beruhigen.

Als Gasa endlich wiederkam, war er ganz aufgeregt.

«Das ist alles ziemlich seltsam», begann er atemlos seinen Bericht. «Asa tut auf einmal so, als ob er gar nichts mehr zu tun hat. Er ist den ganzen Tag mit dieser Pati zusammen und führt sich auf wie ein verknallter Teenie! Dolmetscherin ist sie übrigens und bildhübsch!»

Das wollte ich schon genauer wissen: «Kannst du Pati nicht ein bisschen näher beschreiben?»

«Sicher. Sie ist schlank, hat blaue Augen und – was für Zwerge sehr ungewöhnlich ist – taillenlange goldblonde Haare! Studiert hat sie auch! Taifunartig hat sie jetzt Asa den Kopf verdreht, und ich bin auch noch schuld!»

Ich begann mich zu fragen, ob Gasa um seinen Bruder besorgt war oder gar eifersüchtig. «Wieso bist du schuld?»

«Na, die Idee mit den Dolmetschern für die Sprüche stammt doch von mir!»

«Stimmt, jetzt fällt es mir wieder ein: Das war nach deiner Rückkehr von Elliptica.»

Gasa schaute mich ratlos an: «Was machen wir denn jetzt?»

«Ich glaube, da können wir gar nicht viel machen», meinte ich. «Asa wird sich schon wieder einkriegen, mit Pati oder ohne. Gönn ihm doch das bisschen Glück. Du könntest so was doch im Moment eh nicht brauchen, du bist ja ständig unterwegs!»

Gasa sah mich erstaunt an, dann lachte er: «Ich schätze, da hast du recht!»

13. Die Sprache der Zahlen

Daran war nun nichts mehr zu rütteln, Asa und Pati waren ein Paar. Auch wenn manchmal die Fetzen flogen und Gasa des Öfteren neidisch war, stand fest, dass es wohl über kurz oder lang eine Zwergenhochzeit zu feiern gäbe.

Gasa machte sich manchmal einen Spaß daraus, seine künftige Schwägerin zu ärgern, so wie er es mit mir anfangs gemacht hatte. Doch er hatte Pati unterschätzt. Sie drehte den Spieß einfach um, und Gasa bekam Asas Eifersucht zu spüren. Das war gar nicht lustig!

Ich traf Pati, als sie Asa in ihrer Funktion als Dolmetscherin nach Chia, in die Hauptstadt Geometricas, begleitete. Ja, ihr habt richtig gehört: Seit Pati ihm zur Seite stand, wagte sich Asa auch wieder auf Reisen, und Gasa kümmerte sich zur Abwechslung um die Keksfabrik.

Gasa hatte übrigens recht mit seiner Beschreibung. Pati war bildhübsch und blitzgescheit. Wie schön für Asa! Ich freute mich sehr für ihn, während ich mich gleichzeitig fragte, wie es sich wohl anfühlte, verliebt zu sein.

Auf ihrer Rückreise kamen sie wieder vorbei und berichteten.

Erst waren sie in Geometrica und hatten die sagenhafte Architektur bewundert, dann erfuhren sie von Algebra und statteten auch diesem Land einen kurzen Besuch ab. Dort wohnten die Zahlen, faszinierende Wesen, die sehr harmonisch und nach strengen Regeln zusammenlebten.

Rasch war ihnen klar geworden, dass man sich hier in der Sprache der Mathematik unterhielt. Das war für Pati nicht leicht. Sie war zwar alles andere als dumm und hatte ein erstaunliches Talent für Sprachen, aber die Denkweise der Zahlen war ihr völlig fremd. Man konnte ja vieles berechnen, aber mathematische Formeln für Orakelsprüche zu finden, war schier unmöglich!

Schließlich musste sie sich eingestehen, dass hierfür die Hilfe eines Spezialisten nötig wäre, aber in diesem sonderbaren Land gab es niemanden, der auch nur annähernd den

Sinn der Orakelsprüche erfasste und somit bei deren Übersetzung hilfreich sein konnte.

Etwas ratlos brachen sie die Suche ab und genossen ihre freien Tage, ohne einen weiteren Gedanken an die Arbeit zu verschwenden, gerade so, wie es sich für ein frisch verliebtes Pärchen gehörte. Gut gelaunt und erholt saßen sie nun bei mir im Kleiderschrank und erinnerten sich an das Sprachproblem:

«Das wird fürchterlich schwer, jemanden zu finden, der beide Sprachen spricht, die der Zahlen und die der Poesie!», sinnierte Asa.

«Ja», meinte Pati zerknirscht. «Ich kenne nichts, was gegensätzlicher ist! Ich bin jedenfalls komplett überfordert!»

Ich erkundigte mich: «Habt ihr nicht gesagt, dass die Zahlen Personen sind? Dann sehen sie also gar nicht so aus wie in meinen Mathebüchern! Ich glaube, ich weiß jemanden!»

Zwei Zwergenaugenpaare starrten mich verblüfft an. Asa sah aus, als hätte er einen fliegenden Elch gesehen, und ich musste mich zusammennehmen, nicht laut loszulachen.

«Wir haben an unserer Schule einen Gastschüler. Er ist Autist und behauptet, die Zahlen als Farben und Formen sehen zu können. Ich dachte immer, das gibt's doch gar nicht.

Aber vielleicht hat er ja mehr Ahnung von Zahlen als unsere Bücher! Letztes Jahr waren ein paar Gedichte von ihm in unserer Schülerzeitung abgedruckt, die fand ich gar nicht schlecht! Gebt mir doch eure Orakelsprüche, und ich frage ihn. Er hilft uns bestimmt!»

Das brauchte Asa nicht zweimal zu hören. Er wühlte kurz in seinen Reisetaschen, und dann war ich versorgt mit Hausaufgaben!

14. Der Autist

Was hatte ich mir dabei bloß gedacht?

Asa und Pati waren abgereist, und ich stand auf dem Pausenhof unserer Schule und hielt Ausschau nach besagtem Jungen. Eigentlich sollte es gar nicht so schwer sein, ihn ausfindig zu machen, weil er in ständiger Begleitung einer Erwachsenen war, die alle anderen Schüler um einen Kopf überragte.

Aus Gründen, die ich bis heute nicht begreife, kommt er

nur stundenweise an unsere Schule. Während ich nun auf ihn wartete, wurde mir doch etwas seltsam zumute. Hatte ich meinen Freunden nicht zu viel versprochen? Ich kannte ihn ja gar nicht. Und wie sollte ich mit ihm reden, wenn er gar nicht sprechen konnte?

Neulich hatte ich beobachtet, dass er eine kleine Tastatur benutzte. Seine Begleitung stützte seine Hand, während er sich schriftlich äußerte. Ob er das auch mit mir tun würde?

Andernfalls müsste ich die Begleitung auch noch einweihen, und das schien mir doch zu riskant! Was würde eine Erwachsene wohl von mir denken, wenn ich anfing, von Zwergen zu erzählen? Ganz zu schweigen von meiner Bitte, Orakelsprüche in mathematische Formeln zu übersetzen!

Es half nichts, ich musste den Jungen erst mal kennen lernen und dann entscheiden. Wo war er bloß? Als ich schon aufgeben wollte, sah ich ihn endlich am anderen Ende des Pausenhofs und ging ihm entgegen.

«Hallo», sagte ich schüchtern.

Der Junge schaute mich kaum an, aber seine Begleitung grüßte freundlich zurück.

«Ist das Daniel?», fragte ich. «Ich habe in der Schülerzeitung seine Gedichte gelesen. Die waren echt toll!»

Seine Begleitung meinte: «Ja, das ist Daniel, und ich bin

Tina. Ich finde die Gedichte auch klasse. Aber sprich ihn doch bitte direkt an, er kann dich gut verstehen!»

«Ja, wenn du meinst.» Ich sah sie verlegen an, dann wendete ich mich Daniel zu und stellte mich vor: «Hallo Daniel, ich bin Tim. Ich hab deine Gedichte gelesen; sie sind große Klasse!»

Daniel stammelte etwas Unverständliches, und für einen ultrakurzen Augenblick begegneten sich unsere Blicke.

«Stimmt es, dass du die Zahlen anders siehst als wir? Man hat mir erzählt, dass du sie als Farben und Formen wahrnimmst.»

Daniel fing an zu lachen und in seinem Rollstuhl auf und nieder zu wippen; das sah aus, als würde er nicken. Tina holte die Tastatur aus der Tasche, ging seitlich neben dem Rollstuhl in die Hocke und nahm Daniels linke Hand. Daniel fing an, mit einem Finger auf der Tastatur zu tippen. Man hätte meinen können, dass er fast nicht hinschaute. Fasziniert beobachtete ich, dass er trotzdem die Tasten traf.

Tina grinste: «Täusch dich nicht, er schaut schon hin, aber schneller als wir!»

Als Daniel fertig geschrieben hatte, reichte mir Tina die Tastatur. Sie hatte ein kleines Display von vier Zeilen, darauf war nun zu lesen: «Jede Zahl hat ihre eigene Farbe und Form und Persönlichkeit. Die Eins ist ganz hell und nimmt sich selbst sehr wichtig, die Zwei ist die gute, geduldige Zahl, die Fünf ist blau und lärmt, die Sechs sehr klein und schwarz, die Acht sagt nicht nein, die Neun ist übergroß und dunkel. Die Elf ist übrigens sehr freundlich. Das sind alles gute Freunde!»

«Das ist ja cool!», staunte ich. Dann nahm ich all meinen Mut zusammen und fragte ihn: «Gibt es ein Land der Zahlen, und haben die Zahlen eine eigene Sprache?»

Daniel tippte wieder auf seiner Tastatur, die «AlphaSmart» hieß: «Klar gibt es das, ich gehe oft dort spazieren. Die Sprache kennst du auch, das ist die Mathematik.»

«Na ja», gab ich zu, «Mathe war noch nie meine Stärke! Sag mal, könntest du mir vielleicht helfen? Zwei Freunde von mir brauchen ein paar Sprüche, und zwar in die Sprache der Zahlen übersetzt. Ich bin – wie gesagt – in Mathe gar nicht fit!»

Daniel brach in schallendes Gelächter aus, etwas laut und vielleicht auch etwas unkoordiniert. Ich sah Tina an, verunsichert, ob Daniel sich nun freute oder mich gar auslachte.

Tina hielt Daniel ihre Hand hin, streckte der Reihe nach ihre Finger aus und stellte zu jedem Finger eine Frage:

«Kannst du Tim helfen? Oder nicht? Lachst du aus einem anderen Grund?»

Es dauerte erstaunlich lange, dann hob Daniel vorsichtig die Hand und nahm den Daumen.

Ich hatte vor Aufregung den Atem angehalten und holte erst mal tief Luft.

Tina fragte, ob ich ihnen den Text zeigen könnte. Klar, den hielt ich ja die ganze Zeit in der Hand.

Daniel schaute den Zettel kaum an und fing an zu schreiben. Tina schmunzelte. Sie hatte meine Verwunderung bemerkt und erklärte mir, während sie Daniel stützte: «Daniel liest anders als wir. Er hat ein fotooptisches Gedächtnis, das heißt, er muss die Seite nur kurz anschauen, dann ist sie in seinem Kopf abgespeichert.»

«Boah, das hätte ich auch gern!»

Es gongte, die Pause war zu Ende. Wir verabredeten uns für den nächsten Tag und gingen in die Klassenräume.

15. Mein neuer Freund

Die Begegnung mit Daniel ging mir den ganzen Tag nicht mehr aus dem Kopf. Das war ja viel besser verlaufen, als ich dachte! Nicht mal die Zwerge hatte ich verraten müssen.

Ein Glück, dass ich an diesem Tag nicht abgefragt wurde, meine Konzentration war auf dem Tiefpunkt. Daniel war anders als meine Freunde. Autismus war offenbar eine sonderbare Sache!

Auch am nächsten Tag war die Uhr nicht sonderlich kooperativ: Die Zeiger schienen wie festgeklebt zu sein und rührten sich einfach nicht vom Fleck. Bei näherer Betrachtung taten sie natürlich treu ihren Dienst – nur eben für meinen Geschmack viel zu langsam!

Endlich Pause! Daniel hatte tatsächlich eine Reihe Formeln aufgeschrieben, und Tina hatte sie von der Tastatur auf den Computer übertragen und für mich ausgedruckt. Sie überreichte mir meinen Sprüchezettel, die Formeln und einen kleinen Brief von Daniel.

«Was ist das?», fragte ich erstaunt und drehte den Brief in meinen Händen.

Tina meinte: «Ein Brief von Daniel, den hat er gestern noch geschrieben.»

Rasch öffnete ich das Couvert und las: «Lieber Tim, Du warst gestern ziemlich überrascht über einige meiner ungewöhnlichen, aber typisch autistischen Fähigkeiten. Sei nicht neidisch deswegen. Du kannst und darfst vieles, von dem ich nicht mal zu träumen wage: Du kannst sprechen, Fußball spielen, jeden Tag diese wunderbare Schule besuchen, Du hast Freunde, und Du brauchst nicht für jeden Handgriff die Hilfe anderer! Keiner von uns ist besser oder schlechter als der andere. Wir sind nur anders, weil Gott uns unterschiedliche Aufgaben zugedacht hat. Für Gott sind wir beide gleich viel wert, er ist für Dich und mich den Weg ans Kreuz gegangen! Die Tatsache, dass ich Dinge wahrnehmen kann, die anderen verborgen sind, und zudem in der Lage bin, klar zu denken, macht mein ohnehin schon umständliches Leben nicht eben leichter, aber vielleicht hilft es mir, den Sinn zu finden. Danke, dass ich Dir helfen durfte, es hat mir Spaß gemacht!»

Völlig verdattert und sehr gerührt ließ ich den Brief sinken und stammelte: «Aber nein, ich bin's, der zu danken hat! Wie kann ich dir eine Freude machen?»

Daniel grinste und tippte: «Behandle Behinderte so normal wie möglich, wir sind keine Außerirdischen!»

«Gut! Sag mal, wollen wir Freunde sein?»

Daniel schaute mir das erste Mal richtig in die Augen und schrieb: «Obergerne!»

16. Auf dem Weg ins Buchstabenland

Kurz darauf kam Gasa vorbei. Er war auf dem Weg nach Alphabet, dem Buchstabenland.

Es sei ein sehr großes Reich mit vielen kleinen Fürstentümern, dort würden die Wörter für die verschiedenen Sprachen hergestellt. Aber es sei schwierig, ein Visum für die Durchreise zu bekommen. Seit dem Turmbau zu Babel und der anschließenden Sprachverwirrung dürfe jeder nur noch das Fürstentum seiner Muttersprache besuchen und eventuell Tagesausflüge in ein oder zwei benachbarte Fürstentümer unternehmen. Einzig Autisten und kleinen

Babys habe Gott den Zugang zu allen Bereichen des Landes zugestanden. Aber er, Gasa, wisse gar nicht, was Autisten für Wesen seien, schloss mein Zwergenfreund seinen Bericht.

«Aber ich! Ich weiß es!» Ich hatte gespannt zugehört und natürlich sofort an meinen neuen Freund Daniel gedacht.

Gasa lauschte nun sehr aufmerksam meinem Bericht über die Begegnung mit Daniel und das wenige, was ich über Autismus gelernt hatte. Mir wurde bewusst, wie viele Fragen noch offen waren, und beschloss, Daniel möglichst bald wieder zu treffen.

Gasa machte sich auf den Weg, versprach mir aber, auf dem Rückweg vorbeizuschauen.

Ob Daniel das Buchstabenland sehen konnte? Ich nahm mir vor, ihn bei nächster Gelegenheit danach zu fragen. Außerdem wollte ich unbedingt wissen, warum die Durchreise nur Autisten vergönnt sein sollte.

Ärgerlicherweise kam Daniel ein paar Tage nicht in die Schule. Hoffentlich war er nicht krank. Üble Warterei! Geduld ist scheinbar nicht meine Stärke.

Endlich, Ende der Woche, sah ich ihn auf dem Pausenhof.

«Hallo Daniel, ich hab dich vermisst.»

Tina sah mich freundlich an und erklärte mir, dass Daniel manchmal epileptische Anfälle habe und dann leider schlafen müsse.

Ich schaute Daniel an: «Schön, dass es dir wieder besser geht. Ich habe so viele Fragen!»

Daniel lachte wild, und Tina packte schon mal den AlphaSmart aus.

«Na, dann mal los», ermunterte sie mich.

«Ich frage mich, ob die Buchstaben so ähnlich sind wie die Zahlen?»

Daniel freute sich sichtlich über meine ungewöhnliche Frage und schrieb folgende Antwort: «Buchstaben sind viel geselliger als Zahlen und auch kreativer. Sie leben als Familien oder in Wohngemeinschaften zusammen. Sie freuen sich, wenn neue Wörter oder Sätze kreiert werden und leiden unter der fantasielosen Monotonie der heutigen Sprache. Ihr Land ist wunderschön, genauso farbenfroh und vielfältig wie seine Bewohner, und bald jedes Fürstentum ist anders. Es ist ein tolles Land, und es wird nie langweilig, es zu bereisen!»

«Ich habe gehört, dass es sehr wenigen vergönnt ist, dorthin zu reisen?» Vorsichtig schielte ich zu Tina hinüber, sie dachte bestimmt, ich sei verrückt.

Aber sie lächelte mich nur freundlich an, während sie Daniel weiter stützte.

«Ja, das ist Gottes kleiner Trost für Autisten und Savants», schrieb Daniel mit der Tastatur.

«Aber was hat denn Gott damit zu tun?», wollte ich wissen.

«Alles», bekam ich zur Antwort, «er ist doch der Schöpfer aller Dinge, und er hat einen Plan für jedes seiner Geschöpfe! Weißt du das denn nicht?»

Ich verglich mein Wissen aus dem Religionsunterricht mit Daniels tiefer Überzeugung und hatte mit einem Mal den Eindruck, dass mir etwas fehlte.

«Wie kommt es, dass du so fest glaubst?»

«Aber das ist doch offensichtlich!» Daniel war überrascht.

Dann hörte ich mich fragen, ob er auch Zwerge sehen könne.

«Nein, Zwerge nicht, aber Engel!»

«Oho, spannend!», rief ich.

Daniel legte den Kopf schief und sah mich prüfend an. Dann tippte er ein: «Sag mal, kennst du Jesus? Ich meine, persönlich?»

17. Der Disput

Gasa war aus dem Buchstabenland zurück! Er hatte tatsächlich nur sein muttersprachliches Fürstentum bereisen dürfen und Tagesausflüge in die angrenzenden Grafschaften unternommen. Dennoch schwärmte er unaufhaltsam von der majestätischen Schönheit dieses Landes. Dort kämen die Worte von ganz allein, und selbst Gedichte schienen in der Luft zu schweben und auf jemanden zu warten, der sie wahrnimmt.

Allerdings habe sich seine Hoffnung, dort einen universellen Dolmetscher zu finden, zerschlagen. Dazu bedürfe es jemanden, der alle Teile des Landes bereisen dürfe.

«Aber Asa wird Augen machen», sagte Gasa, während seine eigenen Augen verschmitzt dreinsahen: «Ich habe eine Reihe Sprüche geerntet und mitgebracht. Sie wachsen dort wie Unkraut!»

«Ja, da freut er sich bestimmt», gab ich zu. Dann überlegte ich laut: «Autisten wären sicher tolle Dolmetscher!»

«Mag sein», meinte Gasa, «aber ich kenne keinen – und du nur einen, der aber nicht sprechen kann!»

«Daniel kann schreiben», verteidigte ich meinen neuen Freund.

Gasa blieb misstrauisch: «Schon. Aber so, wie du es erzählt hast, kann er die Tastatur noch nicht mal alleine bedienen. Ich finde das zu riskant, zwei fremde Menschen einzuweihen. Außerdem kannst du ja nie sicher sein, ob Daniel das schreibt oder seine Begleitung!», gab Gasa zu bedenken.

«Aber Tina wusste doch gar nicht, was Daniel schreiben wollte!» Ich versuchte mich zu erinnern: «Sie war genauso überrascht wie ich, als Daniel die Formeln getippt hat!»

Gasa blieb weiterhin skeptisch. «Wie alt, sagtest du, ist Daniel? Acht?! Das gibt's doch gar nicht! Wahrscheinlich haben die Formeln gar keine richtige Bedeutung, sondern sind wahllose Zahlenreihen.»

Ich war fast sauer auf Gasa. Er kannte Daniel doch gar nicht! Beinahe patzig schlug ich vor: «Dann fahr doch schnellstmöglich ins Land der Zahlen und überprüfe die Wirkung der Formeln!»

18. Gasa und ich lernen dazu

Gasa hatte meinen Vorschlag tatsächlich gut gefunden und sich sogleich auf den Weg nach Algebra gemacht. Wahrscheinlich, so dachte er, hatte sich Tim gründlich geirrt und die Formeln waren totaler Quatsch, das musste Asa erspart bleiben.

Zu seiner großen Überraschung reagierten die Einwohner Algebras jedoch mächtig begeistert und überzeugten ihn vom Gegenteil. Während mein Freund also lernen musste, dass er Daniel Unrecht getan hatte, indem er ihn völlig unterschätzte, nutzte ich mein nächstes Treffen mit Daniel und Tina, um mehr über das Gestützte Schreiben zu erfahren.

Als Erstes lernte ich, dass die Schreibmethode «FC» genannt werde, sie sei umstritten, aber inzwischen sogar bei Gericht anerkannt und für viele Autisten die einzig adäquate Möglichkeit der Kommunikation! Vertrauen sei das Wichtigste, meinte Tina. «Sonst funktioniert es nicht.»

Sie sah mich eindringlich an. «Weißt du, Autisten lassen sich nicht testen, das ist bekannt. Sie liefern jede Menge Beweise, nur eben nicht dann, wenn man gerade darauf wartet!»

«Das kann ich gut verstehen, ich mag das auch nicht leiden.» Dann nahm ich all meinen Mut zusammen und fragte Daniel, ob ich es auch mal probieren dürfe.

Daniel fing an zu lachen, und Tina sagte: «Klar, ich zeige es dir. Ich kann dir nur nicht versprechen, ob es auf Anhieb klappt!»

«Wovon hängt das ab?», wollte ich wissen. Und: «Wäre es denn besser, einen Kurs zu besuchen?»

Tina wollte gerade antworten, da fing Daniel an mit seinen Fingern zu spielen und signalisierte damit, dass er schreiben wollte.

«Nein, im Gegenteil, zu viel Theorie ist manchmal eher hinderlich. Es kommt auf die zwischenmenschliche Chemie an! Alles, was du brauchst, ist Vertrauen in mich und dich und in die Methode. Und ein bisschen Gespür!», schrieb er.

«Wann können wir es ausprobieren?», fragte ich gerade in dem Moment, als der Pausengong ertönte.

«Wie wäre es heute Nachmittag? Möchtest du vorbeikommen?»

«Klar!», rief ich aufgeregt. «Wo wohnt Daniel?»

«In der Blumenstraße 5.»

19. Aller Anfang ist schwer

Meine ersten Stützversuche sahen bestimmt genauso seltsam aus, wie sie sich für mich anfühlten. Erst mal wusste ich gar nicht, wie ich Daniels Hand halten sollte. Tina erklärte alles ganz geduldig, aber ich wagte kaum, meinen Empfindungen zu trauen. Daniels Muskeltonus wechselte ständig, und ich musste mich sehr konzentrieren.

Tina kam mir zu Hilfe: «Ich hab da 'ne Idee: Ich stütze Daniel, und du legst deine Hand erst mal auf meine, bis du die Bewegungen spüren kannst. Dann drehen wir es um.»

Daniel war augenblicklich ruhiger und schrieb mit Tinas Hand als Hilfe: «Toll, dass du mich stützen willst!»

«Das ist ja irre!», freute ich mich. «Jetzt hab ich die Bewegungen ganz deutlich gespürt!»

«Gut», meinte Tina, «dann drehen wir es mal um. Vielleicht stellst du Daniel erst mal eine Frage, bevor ihr euch an freien Text wagt.»

Ich dachte kurz nach und fragte dann: «Was ist dein Lieblingsfach in der Schule?»

Ich vermutete, die Antwort sei Mathe, doch zu meinem Erstaunen schrieb Daniel: «Am liebsten habe ich Deutsch bei ...»

Hier nahm Tina ihre Hand weg, und wir waren auf uns allein gestellt.

«... Frau Dmollmlingeer.»

«Hm», meinte ich, «allein klappt es noch nicht so gut.»

Tina sah auf das Display. «Hey, für den ersten Versuch ist das super! Man kann doch gut erkennen, dass es Frau Dollinger heißen soll. Zusatzbuchstaben entstehen, wenn Daniel oder du andere Finger im Weg hattet oder ihr zu lange auf einer Taste wart. Das passiert zwischendurch. Konzentriere dich einfach auf Daniels Zeigefinger, dann weißt du, was gemeint war!»

Es klopfte an der Tür, und Frau Schmidt, Daniels Mutter, streckte den Kopf herein. «Hallo», sagte sie zur Begrüßung. «Du hast ja Besuch, Daniel, wie schön!»

Daniel fing an zu lachen und auf und nieder zu wippen, während seine Mutter Tina zulächelte, Daniel ein Bussi auf die Wange gab und mir dann die Hand reichte. «Möchtest du mit uns essen, Tim?», lud sie mich ein.

Verblüfft sah ich auf meine Uhr und bemerkte, dass mich meine innere Uhr mal wieder im Stich gelassen hatte.

«Vielen Dank, aber sie warten daheim schon auf mich. Ich habe gar nicht gemerkt, dass es schon so spät ist.»

20. Und die Formeln stimmen doch!

Asa erkundigte sich ganz besorgt nach seinem Bruder.

«Weißt du, wo Gasa ist? Er wollte doch schon seit Tagen aus Alphabet zurück sein!»

Asa war extra angereist, um Gasa zu suchen, nachdem er Pati mit endlos langen Listen und viel zu vielen Ratschlägen die Keksfabrik anvertraut hatte.

«Ja», gab ich gerührt zu, «er ist mit den übersetzten Sprüchen nach Algebra gereist.»

Asa sah mich mit großen Augen an, ein einziges zwergengroßes Fragezeichen, und ich merkte, dass ich weiter ausholen musste. Also erzählte ich ihm von meinem neuen Freund Daniel, berichtete von meinem Disput mit Gasa und vergaß auch meine jüngsten Erfahrungen mit dem Stützen nicht.

«Ich habe die ganzen letzten Tage darüber nachgedacht und bin fest überzeugt, dass es wirklich Daniel ist, der schreibt und nicht der Stützer. Seine Sätze und die Wortwahl sind völlig verblüffend und seine Gedanken manchmal so überraschend anders – das könnte ich mir gar nicht ausdenken, und Tina traue ich es auch nicht zu!», beendete ich meinen Monolog.

Asa hatte aufmerksam zugehört, den Mund ein paarmal auf- und zugemacht, schließlich verschluckte er sich und begann zu husten. Als er sich einigermaßen beruhigt hatte, war zu hören:

«Erstaunlich! Hoffentlich kommt Gasa bald zurück, ich möchte zu gerne wissen, wie die Zahlen rea...»

Asa wurde unterbrochen.

«Das kann ich dir sagen, Brüderchen!» Gasa saß auf dem oberen Schrankfach und ließ gemütlich die Beine baumeln. Amüsiert lächelte er zu seinen überraschten Freunden hinunter.

«Wie lange hast du uns denn belauscht?», wollten Asa und ich gleichzeitig wissen.

«Lange genug», schmunzelte er. «Auf jeden Fall würde ich Daniel gerne kennen lernen!» Gasa kletterte rasch zu uns herunter und umarmte uns zur Begrüßung.

«Ich habe noch nie so erstaunte Zahlen gesehen», begann er seinen Bericht. «Stellt euch vor, die haben mir Daniels Formeln fast aus den Händen gerissen, und wenn ich nicht so überstürzt abgereist wäre, dann hätten sie auf dem Vortrag bestanden, um den sie mich gebeten hatten!» Gasa freute sich sichtlich über das Staunen seiner Zuhörer.

21. Kriegsrat

Asa dachte auch, dass es interessant wäre, Daniel kennen zu lernen.

«Aber das wird nicht leicht», überlegte er laut. «Als Rollstuhlfahrer kann er wohl kaum hier auf den Dachboden in den Schrank kommen, und für uns ist es außerhalb des Schrankes äußerst gefährlich!»

Gasa sagte erst mal gar nichts, legte die braungebrannte Stirn in Falten und machte nachdenklich «Hm!».

Es tummelten sich nur sinnlose Ideen in unseren ratlosen Köpfen.

«Verkleiden!», rief Gasa aufgeregt.

«Und was machst du wegen der Größe, du Zwerg? Der Wachstumszaubersand ist fast alle!», entgegnete Asa.

«Ach, ich weiß doch selber nicht!» Gasa war frustriert und sagte erst mal gar nichts. Dann sprang er plötzlich auf und hüpfte wild gestikulierend durch den Schrank.

«Ich hab's!», brüllte er. «Ich hab *die* Idee! In Algebra hat mir jemand von einem Zauberer erzählt. Angeblich ist er der größte Magier aller Zeiten», er hielt kurz inne und blickte uns vielsagend an. «Seorlin stammt angeblich direkt von dem berühmten Merlin ab. Er kann uns bestimmt mehr von den Zaubermitteln organisieren. Ich mache mich gleich auf den Weg!»

Gasa war kaum zu bremsen. Asa versuchte es trotzdem: «Halt! Stopp! Wo lebt dieser Seorlin eigentlich?»

«Das muss auf dieser großen Insel im Norden sein, ganz in der Nähe von diesem seltsamen Ort, den ihr Menschen

Stonehenge nennt!» Gasa sah mich an, prüfend, ob er meine Zustimmung erhielt.

«Da musst du ja bis nach England, das ist ganz schön weit», gab ich zu bedenken.

«Du kommst erst mal mit nach Pimpfia und befreist uns von ein paar Zauberkeksen! Sonst quellen unsere Lagerhallen über», meinte Asa ziemlich energisch. «Außerdem müssen wir noch ein paar Termine abstimmen», fügte er bittend hinzu.

22. Der Brief

Ob Asa das wegen der Firma gesagt hatte? Oder wurde es etwa Zeit, die Hochzeit zu planen ...?

Die beiden Brüder waren sogleich nach Pimpfia aufgebrochen, aber ich saß noch immer im Schrank und dachte nach. Eine Zwergenhochzeit mitzuerleben, das wäre schon total cool. Das wollte ich mir auf keinen Fall entgehen lassen! Wann würde das grandiose Ereignis wohl stattfinden? Und wie? Welche Bräuche hatten Zwerge? Was schenkte man Zwergen zur Hochzeit? Und wie würde die Kleiderordnung sein?

Tausend Fragen schossen mir durch den Kopf, und ich verstrickte mich in Tagträumereien. Dann fiel mir auf einmal ein, dass ich ja noch nicht mal eingeladen war und auch nicht wusste, ob ich an dem betreffenden Tag von zu Hause wegkönnte. Und es war auch nicht gewiss, ob der Zaubersand reichen würde! Ich beschloss, Gasa zu bitten, aus England nicht nur das Vergrößerungsmittel, sondern auch Nachschub von dem Verkleinerungssand mitzubringen.

Relativ rasch war Gasa wieder da, das Gepäck voller Zauberkekse und in der Hand einen wasserblauen Umschlag mit silberfarbener Schrift. Dann hatte ich also recht gehabt! Vor Aufregung begann mein Herz wie wild zu schlagen.

Gasa war auch ganz aufgeregt: «Schau mal, was ich hier habe!», rief er und vergaß, dass ich ödes «Auf die Folter spannen» gar nicht leiden kann. Statt mir den Brief zu geben, wedelte er damit vor meiner Nase hin und her und kam wohl gar nicht auf die Idee, dass ich ihn gerne lesen würde.

«Den Asa solltest du mal sehen, er freut sich wie ein kleines Kind auf seinen Geburtstag!»

Ich verstand nicht recht: Handelte es sich etwa um eine Geburtstagseinladung? War Gasa nicht am gleichen Tag geboren? Freute sich Gasa weniger auf den Geburtstag??

Er hatte schon weitergeredet: «Unglaublich, wie Pati es geschafft hat, in so kurzer Zeit so viele Sachen zu organisieren! Und dabei hat sie sich ja auch noch um die Fabrik gekümmert.»

Gasa wunderte sich.

Mir aber wurde es allmählich zu bunt.

«Sag mal, wovon redest du eigentlich?», platzte es aus mir heraus, und ich gebe durchaus zu, dass der Ton etwas freundlicher hätte sein können! «Wenn der Brief für mich ist, warum gibst du ihn dann nicht endlich her!?»

Gasa gab mir reflexartig den Brief, überrascht ob der Heftigkeit meiner Worte. Seine Gesprächigkeit war jäh unterbrochen, und nun schwieg er ebenso intensiv, wie er zuvor geredet hatte.

Ich war dennoch aufgeregt, versuchte den ersehnten Umschlag so vorsichtig wie möglich zu öffnen, damit er selbst und auch sein Inhalt nicht beschädigt würden. Wie schon so oft ärgerte ich mich über meine Defizite in der Feinmotorik. Doch schließlich gelang es mir, und eine wasserblaue Karte kam zum Vorschein.

Asa & Pati

laden Dich herzlich ein,

ihren schönsten Tag

überschwänglich mit ihnen zu feiern.

Die Trauung findet statt:

am 6.6.2006

in der Stadtpfarrkirche von Pimpfia

um 14.00 Uhr (Zwergenzeit).

Anschließend essen, trinken und tanzen wir

in der Cafeteria unserer Keksfabrik.

Die Band Zwerginski wird für gute Stimmung sorgen.

Bitte gib uns baldmöglichst Bescheid,

ob Du kommen kannst!

Wir freuen uns auf Dich!

Asa und Pati.

Ich ließ den Brief sinken. «Cool! Aber hast du denn noch genügend Zaubersand für mich?»

Gasa schmunzelte und war jetzt doch wieder gesprächiger: «Nicht mehr arg viel. Ein Grund mehr, Seorlin aufzusuchen. Ich hoffe nur, dass ich rechtzeitig zurück bin! Konnte ja keiner ahnen, dass die beiden es so eilig haben. Wird Zeit, dass ich mich auf den Weg mache. Bis bald!»

Gasa kletterte bereits die Schrankwand nach oben.

«Warte doch!», rief ich ihm hinterher. «Was soll ich den beiden schenken? Ich habe ja gar nichts in Zwergengröße!»

Gasa hielt kurz inne und rief dann über seine Schulter zurück: «Was du willst. Wir verkleinern es dann mit dem Zaubersand!»

23. Auf der Suche!

Asa war so beschäftigt mit Hochzeitsvorbereitungen, dass ich ihn in der folgenden Zeit kaum zu Gesicht bekam. Und Gasa war – das war ja nichts Neues – auf Reisen.

Also saß ich des Öfteren alleine im Schrank und überlegte: Was sollte ich dem glücklichen Zwergenpaar nur schenken? In Gedanken schrieb ich ganze Listen – und verwarf sie wieder! Geschirr? Nee, lieber nicht! Bücher? In welcher

Sprache? Tiere? Eher nicht! Pralinen? Zu langweilig. Alkohol? Wird die Promillemenge auch mit verkleinert??

Warum war es so schwer, ein Geschenk zu finden? Ich beschloss, Mama und Oma zu fragen, was man bei einer Hochzeit schenken könnte.

Mama konnte mir gar nicht helfen. Sie nannte nichts, was mir selbst nicht schon eingefallen war. Bei Oma sah es auch nicht so rosig aus. Warum konnte mir keiner helfen?

Am Ende meiner Geduld kam die rettende Idee: ein Erinnerungsbuch. So etwas Ähnliches hatte meine Mutter einmal für meinen Vater zum 15. Hochzeitstag gebastelt. Ich wusste, dass ich hierfür Gasas Hilfe brauchen würde. Immerhin bräuchte ich alte Fotos von dem Hochzeitspaar und ihren Kinderjahren. Von der Geburt bis jetzt ... Daniel konnte ich fragen, ob er mir ein paar lustige Gedichte schreiben würde. Ich war natürlich sehr erleichtert. Dennoch wurde ich das Gefühl nicht los, dass noch etwas fehlte: etwas Persönliches.

Einige Tage später und viele Gedanken weiter wusste ich endlich, was ich ihnen noch schenken würde: ein zweites Buch, in welchem unsere gemeinsamen Erinnerungen festgehalten waren. Jawohl, ich wollte meine geheimen Tagebuchaufzeichnungen ausdrucken, mit Bildern versehen, schön binden und ihnen widmen.

Wann immer ich in den darauf folgenden Tagen Zeit ungestört verbringen konnte, arbeitete ich an meinem Geschenkeprojekt. Es war aufwendiger, als ich dachte. Aus unerfindlichen Gründen war meine Mutter häufiger zu Hause als üblich. Mein Vorhaben erwies sich binnen Kürze als ein Wettlauf gegen die Zeit. Auch die Umstände schienen sich gegen mich verschworen zu haben: Der Computer stürzte ab, dann fehlte Papier für den Drucker. Schließlich kündigte unser Englischlehrer die nächste Schulaufgabe an, viel früher, als mir lieb war …

Gasa sollte endlich wiederkommen, aber so oft ich auch zum Schrank eilte, es war vergeblich. Die Reise war wohl doch wesentlich weiter und vermutlich ereignisreicher als geplant, und abgesehen von meiner unbefriedigten Neugierde plagte mich zusehends die Sorge um ihn und die knapper werdende Zeit! Wenn Gasa nicht rechtzeitig zurückkäme, dann würde das Erinnerungsbuch mangels Fotos auf der Strecke bleiben. Das wäre schade! Ich beschloss, alles andere bis zu Gasas Rückkehr fertig zu stellen.

Mit Schrecken fiel mir ein, dass ich vor lauter Buchschreiben und Ausdrucken völlig vergessen hatte, Daniel um ein Gedicht zu bitten! Was, wenn er Wochen fürs Dichten bräuchte?

24. Das Gedicht

Höchste Zeit, Daniel aufzusuchen.

Wisst ihr, dass Autisten einen anderen Ausschnitt der Wirklichkeit erfassen, dass sie gewissermaßen durch ein anderes Fenster in die Realität hinausblicken als wir?

Gut, dass mir keine Zeit blieb, darüber nachzudenken, wessen Realität denn nun realer, realistischer oder gar besser war; ich hätte vermutlich doch keine Lösung gefunden. Heute meine ich, dass es kein Besser oder Schlechter gibt, sondern nur ein Anders!

Aber ich komme vom Thema ab, denn ich wollte ja berichten, was weiter geschah: Als ich Daniel am nächsten Tag traf, sah er mich nur kurz an und bat dann Tina, mir das Gedicht «Sattes überfließendes Glück der Liebe» zu geben! Da war ich erst mal sprachlos.

Während Tina in den Taschen wühlte, war ich damit beschäftigt, meine Gedanken zu sortieren. Wie konnte er das gewusst haben? Lief ich etwa mit einem Display auf der Stirn durch die Gegend, auf welchem stand: «Brauche dringend Gedichte für eine Hochzeit!»? Oder hatte ich mich verplappert?

Tina tauchte wieder aus der Versenkung auf und bemerkte meine Verwunderung. In der Hand hielt sie einen Zettel.

«Was hast du?», fragte sie. «Daniel kann die Farben deiner Ausstrahlung und deines Wesens sehen. Man nennt das ‹die Aura›. Ein komisches Wort. Aber egal: Wenn du ganz intensiv an ihn denkst, dann scheint er das auch zu spüren. Er sieht und spürt einfach mehr als wir ‹Normalos›», fügte sie hinzu, als würde das all meine Fragen klären und nicht noch mehr Fragen aufwerfen.

Ich beschloss, das Thema auf einen günstigeren Zeitpunkt zu vertagen, und nahm den Zettel dankbar entgegen. Dann las ich folgendes Gedicht:

Sattes überfließendes Glück der Liebe

Liebe ist immens überschäumend, wenn sie frisch ist;
sie kann rasend werden vor Eifersucht,
sie kann Charakter polieren,
Menschen wachsen lassen in der Not,
vielen Hasserfüllten bringt sie neuen Mut,
sogar Verzagte finden zurück ins Lot.

Liebe hat die Kraft, uns zu verändern,
das Beste in uns hervorzubringen,
sie macht Leben lebenswert
und sinnerfüllt in allen Dingen.

Aber häufig ist sie unvollkommen und
leidet unter dem Makel des Menschlichen.

An göttliche Liebe reicht unsere niemals heran,
und falls sie ihr einmal nahe kommt,
so handelt es sich
um eine jener seltenen Sternstunden,
welche charmant ein Licht werfen
auf den Himmel und unseren Schöpfer,
welcher Licht ist und Liebe.

Ich war bass erstaunt.

Das war kein lustiges Gedicht, aber eines, das durchaus zum Thema Hochzeit passte und mir die Möglichkeit bot, Asa und Pati viele «Sternstunden» zu wünschen! Das würde ein toller Kartentext werden!

Dankbar verabschiedete ich mich von Daniel und eilte nach Hause.

25. Antworten

Gasa war noch immer nicht zurück, aber mein Buch nahm allmählich Gestalt an, und weil es mir so viel Freude bereitete, fertigte ich drei Exemplare an: eines für Asa und Pati zu ihrem Freudenfest, das zweite für Gasa zum Trost und das dritte für mich selbst. Irgendwie musste ich mir ja die Zeit und die Sorgen vertreiben.

Die Hoffnung auf das zweite Geschenkbuch hatte ich schon aufgegeben, denn dafür würde die Zeit zu knapp werden. Ich tröstete mich mit Daniels Gedicht und meinem – wie ich meinte – gelungenen Kartentext.

Apropos Daniel: Er ging mir einfach nicht aus dem Kopf! Es gab so viele ungeklärte Fragen, die nach dem Glauben etwa und die wunderliche Geschichte mit der Gedankenübertragung. Wenn ich nachts nicht schlafen konnte, geriet ich ins Grübeln und war entsprechend müde und übel gelaunt.

Es half wohl nichts, ich musste Daniel treffen und diese Fragen klären – und zwar bald!

Am nächsten Abend waren auf unserem Schulgelände

anlässlich einer Jubiläumsfeier verschiedene extravagante Bilder und Skulpturen des Kunstleistungskurses ausgestellt. Daniel war auch gekommen. Aber das war wohl nicht der richtige Ort, um solche Fragen zu bereden – oder vielleicht doch?

Ich sagte Daniel, dass mich so einiges beschäftigte, worauf er anfing, wild zu lachen.

Tina holte schmunzelnd den AlphaSmart aus der Tasche. «Nur zu!», ermunterte sie mich.

Ich holte tief Luft und fragte dann: «Woher hast du gewusst, dass ich ein Gedicht brauche? Kannst du Gedanken lesen? Und wenn ja, wie viel davon?» Ich schluckte und hoffte, dass Daniel nicht beleidigt wäre.

Das war er nicht. Er schrieb bereitwillig seine Antwort mit Tina und grinste mich an.

«Ich kann keine Gedanken lesen, aber manchmal denke ich so intensiv, dass meine Stützer meine Gedanken erahnen können. Aber ich sehe die Farben der Aura, die in ihrer Qualität unterschiedliche Bedeutungen haben, und spüre vielleicht intensiver, was in den Menschen vor sich geht. Ich kann die einzelnen Gedanken nicht lesen, aber ich weiß um die Themen, und das ist manchmal schon zu viel! Das ist der Grund, weshalb manche Autisten Blickkontakt vermeiden: Sie erfahren sonst mehr, als ihnen lieb ist.»

«Entschuldige», meinte ich, «ich weiß gerade nicht, ob ich das nun fantastisch finden soll oder erschreckend! Hast du denn Angst, dass dich jemand beim Stützen manipulieren könnte?», fragte ich weiter.

«Klar. Deshalb schreibe ich auch nicht mit jedem, weil mich jemand, der nicht an mich oder an die Methode glaubt, so verwirrt, dass ich nicht mehr klar denken kann! Wenn mir der Stützer seinen Text aufzwingen will, gibt es aber Möglichkeiten, mich zu wehren: Ich höre dann auf zu schreiben oder benutze die Richtungspfeile und die Löschtaste. Oder aber ich stelle meinen Satz so um, dass der Sinn wieder stimmt!»

«Dann brauche ich also beim Stützen keine Angst zu haben, dass du meine Gedanken hinschreibst», überlegte ich laut und schwieg dann einen Moment gedankenversunken.

Daniel beobachtete mich. «Nein. Angst schadet sowieso mehr, als sie nützt. Aber wolltest du nicht noch etwas anderes fragen?», schrieb er mit der Tastatur.

«Ähm, ja», gab ich zu. «Ich frage mich, wie es kommt, dass du so fest an Gott glaubst, wo er es doch scheinbar nicht so gut mit dir gemeint hat?» Ich schielte auf den Rollstuhl und blickte dann verlegen zu Boden.

«Ja, nicht wahr? Aber die Realität ist manchmal nicht

das, was sie zu sein scheint.» Daniel lachte. «Gott ist so viel größer als wir. Er wird sich etwas dabei gedacht haben, uns unterschiedlich zu machen! Ich weiß nicht, warum, aber ich bin mir sicher, dass es einen Sinn hat!»

Ich lauschte verblüfft, was Tina vorlas.

Daniel schrieb weiter:

«Siehst du es denn nicht? Die ganze Schöpfung redet von Gott, vom kleinsten Sandkorn bis zu den Galaxien, vom Plankton bis zum Blauwal und vom winzigsten Samenkorn bis zum Mammutbaum. Und die Engel loben und preisen ihn Tag und Nacht!»

Daniel gähnte und rieb sich die Augen.

Tina sah mich an: «Genug für heute. Ich glaube, da ist jemand reif fürs Bett.»

«Gute Nacht, Daniel. Danke!», verabschiedete ich mich, aber ich war mir nicht sicher, ob er mich noch hörte, denn er hatte seinen Oberkörper nach vorne gebeugt und schien schon zu schlafen.

Tina zuckte die Achseln. «Na, dann beeilen wir uns mal lieber! Ciao, Tim.»

Ich schaute den beiden nachdenklich hinterher, dann ging ich ebenfalls nach Hause.

26. Das Problem

Asa war sehr aufgeregt. Er wartete sehnsüchtig auf seinen Bruder und Trauzeugen. Ich traf ihn zweimal, als er aus Nervosität zum Schrank geeilt war und statt seines Bruders nur mich angetroffen hatte.

Die Sorge um seinen Bruder konnte ich mit ihm teilen, die kalten Füße trotz glücklicher Verliebtheit – mangels Erfahrung – nicht! Ich tat aber mein Bestes und versuchte ihn abzulenken, indem ich ihm von Daniel erzählte.

«Ja», meinte er schließlich, «es war schon richtig, dass sich Gasa auf den Weg gemacht hat! Wir müssen Daniel wirklich kennen lernen.»

«Ich freu mich schon darauf», erwiderte ich. «Asa und Gasa in Menschengröße – das wird großartig! Wie sollen wir eure spitzen Ohren verstecken?»

Da kam Gasa zurück und meinte nach einer stürmischen Begrüßung: «Wir haben erst mal ein größeres Problem als spitze Ohren! Auf der Überfahrt über den Ärmelkanal gab es einen Sturm. Da sind die Säcke mit dem Zaubersand nass geworden, und die Etiketten haben sich gelöst. Jetzt weiß ich nicht mehr, welcher Sand vergrößert und welcher verkleinert. Wenn sie überhaupt noch funktionieren!»

Betrübt sah Gasa von einem zum anderen, und man konnte ihm die Strapazen der Reise deutlich ansehen.

Das war ein Schock! Asa und ich waren eine Zeitlang damit beschäftigt, unsere Gedanken zu sortieren. Was, wenn ich nun den Vergrößerungssand abbekäme? Ich würde ein Riese und als solcher den Schrank sprengen! Oder was würde passieren, wenn Asa und Gasa den Verkleinerungssand nähmen? Wären sie dann so klein wie Ameisen? Oder schlimmer: bakterienklein? Dann könnte ich sie nicht mal mehr sehen!

Uferlose Panik machte sich in mir breit! Wie sollte ich dann auf unsichtbare Superzwerge vergrößernden Gegenzauber streuen? Oder andersrum: Wie sollten Zwerge einen Riesen mit Verkleinerungssand bestreuen? Würde das überhaupt wirken? ...

Betretenes Schweigen machte sich breit. Dann redeten wir alle gleichzeitig, so dass rein gar nichts zu verstehen war!

Asa war vermutlich am meisten gefrustet: Er hatte ja

nicht nur um sich selbst Angst. «... und außerdem verderbt ihr mir meine ganze Hochzeit!», maulte er.

«Wir brauchen einen guten Plan! Und zwar schnell!», meinte Gasa.

Ich überlegte laut:

«Wir müssen den Sand vorher ausprobieren! Aber nicht an uns – das wäre viel zu gefährlich!»

«Woran denn?», jammerte Asa.

Gemeinsam wägten wir unterschiedlichste Vorschläge gegeneinander ab, wurden uns aber nicht einig.

Schließlich war ich es leid.

«Wir nehmen das Geschenk. Das muss sowieso verkleinert werden!»

Asa sah mich mit großen Augen an, aber bevor er etwas erwidern konnte, schickte ich ihn heim zu seiner Braut.

Gasa stimmte mir zu. Sobald Asa weg war, fragte er mich, was für ein Geschenk das sei, und ich erzählte ihm von meinem Buch.

Gasas Augen begannen zu strahlen.

«Ein tolles Geschenk! Wo hast du das Buch, und wann fangen wir an zu zaubern?»

«Ich sause gleich los. Aber erst musst du mir noch von deiner Reise erzählen!», bettelte ich.

27. Seorlin

«Das war keine Reise», begann Gasa seinen Bericht, «das war ein Abenteuer von vorne bis hinten! Auf dem Hinweg wurde ich ausgeraubt. Ein Glück, dass die Banditen es nur auf mein Geld abgesehen hatten und den Zauberkeksen keine Beachtung schenkten. So konnte ich durch den Verkauf wieder Geld verdienen.

Dieser Seorlin ist wie ein Chamäleon, er ist überall und doch kaum zu finden. Ständig wechselt er die Gestalt, und wenn er sich nicht von sich aus zeigt, so hat man keine Chance, ihn aufzuspüren. Zum Glück liebt er Kekse, und die Zauberkekse haben ihn angelockt! Da habe ich ihn um den Zaubersand gebeten.

Erst wollte er nicht darauf eingehen, aber ich habe damit gedroht, die Kekse zu vernichten und nie wieder nach Stonehenge zu kommen. Da hat er eingewilligt.»

«Kann er sich denn keine Kekse zaubern?», unterbrach ich ihn.

«Schon, aber dazu braucht er das Rezept», schmunzelte

Gasa, «und das habe ich ihm natürlich nicht verraten! Jedenfalls gab er mir schließlich den Zaubersand. Dummerweise sind wir dann aber in diesen üblen Sturm geraten, und ich kam nur knapp mit dem Leben davon!» Gasa runzelte die Stirn, als er daran zurückdachte.

«Nun ist mir klar, warum du so lange fort warst! Schön, dass du da bist!» Dankbar umarmte ich meinen kleinen Freund.

28. Würfelspiele

Zu Hause war ich so in Eile, dass ich auf der Treppe mit meiner Schwester zusammenstieß. Dabei fiel mir das Buch aus der Hand und kullerte plop, plop, plop die Treppe hinunter, bevor es mit einem dumpfen Aufprall auf dem Dielenboden aufschlug. Diana folgte meinem bestürzten Blick und eilte die Stufen hinab.

Sie kam als Erste an, hob das Buch auf und meinte leicht spöttisch: «Was ist das denn für ein niedliches Buch? Ich wusste gar nicht, dass du dich noch für Märchen interessierst!»

Schnell nahm ich ihr das Buch aus der Hand und behauptete: «Das haben wir in der Schule gemacht.»

Möglichst unauffällig ging ich weiter und atmete erleichtert auf, als Diana wieder in ihr Zimmer lief und dem Buch keine weitere Beachtung mehr schenkte. Ich radelte zum Haus meiner Großeltern und schlich die Treppe hinauf.

Gasa wartete schon ganz ungeduldig. «Ich habe gewürfelt!», begrüßte er mich, «und jedes Mal war das Ergebnis dieser Sand hier. Den sollten wir nehmen.»

Ich schaute skeptisch von Gasa zu den beiden Sandsäcken und wieder zurück. «Sicher? Lass mich das auch mal probieren! Was muss ich tun?»

«Ganz einfach», erklärte Gasa. «Du machst die Augen zu und würfelst. Der Sand, bei dem du die höhere Zahl würfelst, der ist der Richtige.»

Gesagt, getan. Das Ergebnis war diametral anders als das meines Freundes. Erschüttert und auch verunsichert sahen wir uns an.

«Alles Quatsch!», meinte ich ärgerlich. «Wir sind doch nicht abergläubisch! Oder?»

«Aber welchen nehmen wir dann?» Gasa klang ziemlich ratlos.

«Ganz einfach: Bevor wir uns noch anfangen zu streiten, ob du richtiger würfelst oder ich, fangen wir einfach mit dem vorderen Sand an!», entschied ich.

«Also gut.» Gasa war fest entschlossen, sofort anzufangen.

Wir legten das Buch zwischen uns, und Gasa nahm eine kleine Menge Zaubersand und streute sie über das Buch. Wir sahen uns gespannt an, aber es geschah erst mal gar nichts!

Gasa legte die Stirn in Falten. «Vielleicht war das nicht genug!», meinte er und streute noch etwas Sand auf das Buch. Da musste er niesen und blies mir dabei etwas Zaubersand ins Gesicht.

Es tat einen lauten Knall. Als ich wieder zu mir kam, lag ich vor dem Schrank unter einem Buch in mindestens DIN-A2-Format begraben und hörte, wie meine Oma die Treppe hinaufgestürmt kam und sich besorgt über mich beugte.

«Sag mal», begann sie atemlos, «was machst du denn bloß?» Sie schaute sich um: «Was ist denn das für ein Riesenbuch? Ich wusste gar nicht, dass wir so etwas haben! War das in dem Schrank?», fragte sie mit Blick auf die offene Schranktür, aus der ich gepurzelt war, während sie gleichzeitig versuchte, mich zu befreien.

«Ja», meinte ich verlegen.

«Vielleicht sollte ich hier mal gründlich aufräumen.» Oma sah mich nachdenklich an. Plötzlich schob sie nach:

«Sag mal, bist du gewachsen?»

«Ich weiß nicht ...», vorsichtig sah ich an mir hinunter und bemerkte, dass die Ärmel viel zu kurz waren und die Hose die reinste Hochwasserhose. Gut, dass ich offene Schuhe anhatte, denn auch sie waren auf einmal viel zu klein.

In dem Moment klingelte das Telefon und ersparte mir die Antwort.

Sobald Oma fort war, sauste ich zum Schrank und suchte Gasa, der verschreckt in der Ecke kauerte.

«Gasa», rief ich, «komm, hilf mir, schnell!»

Gasa kam in Bewegung und streute etwas von dem anderen Sand auf mich und das Buch. Es kitzelte in Augen und Ohren, dann hatte ich mit einem Mal wieder Normalgröße und lief zu meiner Oma nach unten, um sie auf andere Gedanken zu bringen.

29. Daniel

«Jüdische Financiers haben Anfang des letzten Jahrhunderts die Bankenlandschaft bestimmt. Doch der Neid der Nationalsozialisten wurde ihrem Volk beinahe zum Verhängnis. Noch heute sind die Auswirkungen des Holocaust zu spüren.»

Daniel hielt kurz beim Schreiben inne und sah Tina an. Warum hatten nicht alle so viel Vertrauen in ihn wie seine Mutter und Tina? Immerhin hatte er zwei Menschen gefunden, mit denen Schreiben möglich war, und das war ein Geschenk des Himmels! An die grauenvollen Jahre gänzlichen Stummseins wollte er gar nicht mehr denken. Und nun hatte sogar sein neuer Freund Tim versucht, ihn zu stützen! Daniel war mächtig stolz darauf.

Tina verstand die Pause, wenn auch aus anderem Grund: Geschichte konnte nervig sein. Trotzdem ermutigte sie Daniel, seine Hausaufgaben fertig zu schreiben – allerdings ohne Erfolg.

«Na, dann hole ich mir erst mal einen Kaffee!» Resigniert

zuckte sie mit den Achseln und stand auf. «Bin gleich wieder da.»

Daniel lachte. Im Zimmer nebenan stand eine Saeco, und er mochte den Duft und die Geräusche, die jener Kaffeevollautomat fabrizierte. Außerdem – so hatte er beobachtet – schien Cappuccino einen beruhigenden Effekt auf Frauen auszuüben.

Daniel dachte nach: Tim verfolgte einen Plan, in seiner Aura war die Farbe der Entschlossenheit, aber auch die des Geheimnisvollen. Es war also etwas Ungewöhnliches im Gange, und das machte ihn neugierig. Ob es mit den Zwergen zu tun hatte, nach denen ihn Tim so betont beiläufig gefragt hatte? Er hatte noch nie einen Zwerg zu Gesicht bekommen, aber er unterhielt sich ab und an mit Engeln – und ihm war durchaus bewusst, dass dies vielen Menschen versagt war. Warum also sollte es nicht auch Zwerge geben? In der Fantasie gab es sie auf jeden Fall, und es machte Daniel Freude, von ihnen zu träumen. Wie sie wohl aussahen?

In seiner Vorstellung hatten sie sagenhaft blaue Augen und spitze Ohren, die unter roten Zipfelmützen hervorspitzten.

«Schicksal trifft jeden, aber jeden anders. Manches Schlimme erweist sich nachträglich als gut und richtig», schoss es Daniel durch den Kopf. «Wäre ich nicht autistisch, dann könnte ich vieles nicht wahrnehmen und die Welt wäre nicht halb so bunt! Könnte ich laufen, so würde ich meine Zeit mit Fußball spielen vergeuden und dabei das Wesentliche verpassen!»

Seine Gedanken wurden immer schneller, verdichteten sich schließlich zu einem heftigen Wirbel, der alles andere wie ein schwarzes Loch in sich aufsog, bis nur noch ein krampfartiger Schmerz übrig blieb.

Tina kam angerannt und nahm Daniel in den Arm. Ihre beruhigende Stimme und die Wärme des Körperkontaktes drangen langsam zu ihm durch, und der Wirbelsturm in seinem Gehirn löste sich in Luft auf. Zurück blieb ein heftiger Muskelkater und eine tiefe Müdigkeit.

Die Genialität der Gedanken jedoch blieb erhalten. Mehr noch: Der Gedankenfluss strömte nun klar und friedlich vor sich hin, befreit von all dem Schmutz und Schlamm der täglichen Reizüberflutung. Die einzelnen Gedanken waren frisch aufgeräumt, wohlsortiert und gut zugänglich, wie in ordentlich beschrifteten Regalen. Das erleichterte das Denken ungemein.

Allerdings dämmerte es Daniel, dass er andere Wege finden musste, um Gedanken und Gefühle zu sortieren – seiner

Mutter und Tina zuliebe! Tina hielt ihn immer noch im Arm und fragte: «Sag mal, musst du uns immer solch einen Schrecken einjagen?»

«Nein», dachte Daniel, «aber noch habe ich diesen anderen Weg nicht gefunden.» Dann schlief er ein bisschen.

30. Der Besuch

Als wir eintrafen, war Daniel gerade am Schlafen. Wir waren spät dran, weil wir uns nicht recht einigen konnten, ob die Menge des Sandes einen Einfluss auf die Größe hatte und welche Dosis wohl die richtige wäre.

Ich verließ vorsichtshalber den Kleiderschrank, was sich als gut erwies, denn drei in meiner Größe hätten darin nicht Platz gehabt. Der Sand funktionierte erstaunlich gut!

Dann waren wir eine Zeitlang damit beschäftigt, unterschiedlichste Frisuren und Kopfbedeckungen auszuprobieren, um die spitzen Ohren zu verdecken. Gut, dass ich unterschiedliche Mützen und Käppis sowie Kleidung und

Schuhe für die beiden Zwerge mitgebracht hatte. Es war nicht leicht gewesen, Oma vom Dachboden fernzuhalten und all die Sachen an ihr vorbeizuschmuggeln!

Schließlich waren wir so weit und eilten, höchst zufrieden, zu Daniels Haus, um ihn – mitten am Tag – schlafend vorzufinden. Wir waren reichlich enttäuscht, als Tina uns erklärte, dass Daniel gekrampft hatte.

Aber Daniel hörte die Stimmen und wachte lachend auf. Aus dem Augenwinkel betrachtete er uns wie gewohnt und hörte gar nicht mehr auf zu kichern. Tina holte den AlphaSmart.

«Woher kommt ihr?», wollte Daniel wissen, als er sich so weit beruhigt hatte, dass Schreiben möglich war. Die Aurafarben von meinen Begleitern entsprachen nicht denjenigen von Menschen, und die spitzen Ohren hatte Daniel trotz aller Vorsichtsmaßnahmen bemerkt. Abgesehen von ihrer Größe und meinen Klamotten sahen die beiden so aus wie die vergrößerte Ausgabe der Zwerge aus seinem Traum.

Ich schaute aufs Display: «Ihr seid keine Menschen!», stellte Daniel fest.

Tina war wohl erstaunt, behielt es aber für sich.

«Ähm, darf ich vorstellen?», begann ich zaghaft. «Das sind Asa und Gasa, meine Freunde aus dem Zwergenland. Sie wollten dich unbedingt kennen lernen!»

Asa und Gasa hatten – verblüfft ob meiner Offenheit – die Luft angehalten und nervös die Reaktion von Tina und Daniel abgewartet.

Tina blieb erstaunlich ruhig. Offenbar war sie einiges gewöhnt.

Daniel freute sich.

«Wir wollten uns unbedingt persönlich bei dir bedanken! Deine Übersetzung der Orakelsprüche hat uns sehr geholfen!», sagte Gasa.

«Ja», pflichtete ihm Asa bei, «und außerdem hat uns Tim so viel von dir erzählt, dass wir dich extrem gerne kennen lernen wollten!»

Ich erzählte Daniel, dass Gasa extra nach Stonehenge gereist war, um den Vergrößerungssand zu organisieren, und von unserer Panne beim Ausprobieren.

Daniel spielte mit den Fingern, und Tina fragte mit den Handzeichen, ob er mit ihr oder mit mir schreiben wolle. Mit mir. Ich freute mich riesig, war aber auch ein wenig aufgeregt, ob es vor meinen Freunden klappen würde. Während ich Position bezog, versuchte ich, mich an alles zu erinnern.

«Gerrne geschehhen!», schrieb Daniel lächelnd und quiekste in ziemlich schrillen Tönen.

Tina gab Daniel ein Bussi auf die Wange. «Mit dir wird es wenigstens nicht langweilig!»

Dann übernahm Tina wieder das Stützen, und Daniel fragte mich: «Und? Hast du Jesus inzwischen kennen gelernt?»

Ich schüttelte schuldbewusst den Kopf. Das war mir vor lauter Hochzeit ganz ausgekommen.

Die Zwergenzwillinge sahen mich erstaunt an. «Jesus? Du weißt nicht, wer Jesus ist?»

«Doch. Ich weiß schon, wer er ist. Das steht ja im Religionsbuch. Aber ich kann nicht behaupten, dass ich ihn persönlich kenne», gab ich zu.

Asa wunderte sich: «Also, ihr Menschen seid schon irgendwie komische Wesen. Kennt den Chef nur aus einem Buch ...»

«Vielleicht probierst du's mal mit Beten. Lade ihn einfach ein», schlug Daniel vor.

«Wie? Einfach einladen?»

Ich war skeptisch, aber die Zwerge nickten.

«Das ist eine gute Idee! Rede einfach mit ihm.»

Ich sah wohl etwas ratlos drein, daher erklärte mir Asa: «Entschuldige dich und bitte ihn, dich zukünftig zu begleiten.»

Das fand ich alles reichlich viel. Ich brauchte Zeit zum Nachdenken. Aber wie kam ich jetzt bloß wieder raus aus der Nummer?

«Also gut! Ich überleg's mir», wand ich mich.

Nachts konnte ich prompt nicht schlafen. Ich wälzte mich erfolglos von einer Seite auf die andere. Schließlich gab ich entnervt auf, schaltete das Licht an und riskierte einen Blick auf den Wecker. 00:27 Uhr …

31. Daniel und Tina im Zwergenland

Asa schwärmte so von Daniel, dass Gasa am nächsten Tag zurückkam und fragte: «Sag mal, Tim, meinst du, es gibt eine Möglichkeit, dass Daniel als Überraschungsgast mit auf die Hochzeit kommt? Das wäre der Knaller!»

«Ich weiß nicht», meinte ich. «Das wird wohl etwas aufwendiger.»

«Ja, das ist mir klar, aber Asa würde sich bestimmt extrem freuen!»

«Wir müssen Tina um Rat fragen, wie wir Daniel die Treppe hochbekommen», überlegte ich. «Was ist mit dem Rollstuhl? Gibt es so etwas bei euch?»

Gasa sah mich betreten an. «Nein, daran habe ich gar nicht gedacht! Zu dumm, dass ich aus England keinen Laufzauber mitgebracht habe.»

Eine Zeitlang schwiegen wir beide.

Dann rief Gasa: «Ab und zu kommt es vor, dass sich jemand ein Bein bricht, dann wird er von den anderen getragen. Deshalb hab ich folgende Idee: Wir verbinden Daniels Bein und behaupten, es sei gebrochen.»

«Guter Plan. Und was sagen wir wegen dem AlphaSmart und dem Gestützten Schreiben?», wandte ich ein.

«Wir sagen, dass ...» Gasa hielt inne. «Ja, was sagen wir bloß?»

«Wir könnten vielleicht sagen, dass er im Ausland wohnt und man sich dort so unterhält», schlug ich vor.

Doch damit war Gasa nicht einverstanden: «Nein, das erklärt noch nicht, weshalb er die Tastatur nicht alleine bedient. Da sagen wir lieber, er habe einen schweren Unfall gehabt und brauche momentan Hilfe!»

«Also gut. Angenommen, Daniel und Tina sind einverstanden, haben am 6. Juni Zeit und wissen eine Lösung für die Treppe, dann brauchen wir trotzdem noch Verbandsmaterial, einen Klettergurt und Seile für den Schrank und eine gute Ausrede für meine Oma! Na, hoffentlich klappt das alles!»

«Du musst das auf alle Fälle bald klären. Uns bleibt nicht mehr viel Zeit!»

Die Sache mit den vielen Ausreden behagte mir gar nicht, mein Gewissen meldete sich zu Wort. Aber leider fiel mir nichts Besseres ein. Schließlich betete ich, dass wir keine davon brauchen würden.

Daniel freute sich, als ich ihm die Hochzeitseinladung zu lesen gab, und Tina lachte bloß: «Ich habe doch gesagt, es wird nicht langweilig!»

«Geht das mit der Treppe?», fragte ich vorsichtig.

«Wenn Daniel einen guten Tag hat, dann können wir laufen», meinte Tina. «Ich kläre den Termin ab und gebe dir morgen Bescheid. Daniels Eltern werde ich sagen, dass ich ihn nach Nürnberg in den Zoo mitnehme und wir dort bei meinem Freund übernachten», schlug Tina vor.

«Fein, bis morgen!»

Ich musste mich gar nicht bis zum nächsten Tag gedulden, denn Tina schickte mir abends eine SMS: «Vielen Dank für die Einladung, wir kommen gerne! LG Daniel und Tina»

Die verbleibenden Tage versuchte ich alles vorzubereiten: Ich plünderte sämtliches Verbandsmaterial aus unserem Erste-Hilfe-Koffer, «lieh» mir Papas Kletterausrüstung und betete inständig, dass er sie am kommenden Samstag nicht brauchen würde. Dann verständigte ich Gasa und bat ihn um Zwergenkleidung für Tina, Daniel und mich. Anschließend bat ich Oma um Erlaubnis, am Samstag wieder bei ihr übernachten zu dürfen, und richtete vorsichtshalber schon Tage vorher Ersatzklamotten für mich her. Gut, dass mein Geschenk schon so gut wie fertig war!

Freitagnacht konnte ich vor Aufregung kaum schlafen. Wie mochte es da wohl dem Bräutigam gehen? Samstag waren wir alle pünktlich in Omas Kleiderschrank, und Gasa half uns beim Zaubern und Umkleiden. Der Aufstieg und das Hinaufziehen von Daniel war noch anstrengender als erwartet, aber schließlich gelang es uns doch! Nach einer kurzen Verschnaufpause begaben wir uns zur Hochzeitsveranstaltung.

Tina ermahnte Daniel mehrmals, auch ja leise zu sein und sie nicht zu verraten, und Daniel gab sich tatsächlich große Mühe. Er war begeistert von allem, was er sah, und auch Tina staunte nicht schlecht über das Schokoladentaxi, welches sie nach Pimpfia brachte, vorbei an dem Limonadensee und allerlei Sträuchern mit Süßigkeiten und den lustigen Eichhörnchen mit den bunten Schwänzen.

32. Die Zwergenhochzeit

Als wir beim Haus der Brauteltern eintrafen, war schon ein Großteil der Hochzeitsgesellschaft versammelt, alle in festlichen Gewändern, und ein paar Zwergenkinder spielten zum Leidwesen ihrer Eltern Fangen und rempelten ein paar Sektgläser um, so dass die umstehenden Gäste nur mit Mühe und unter Protest ihre schicken Roben zu retten vermochten.

Eigentlich war es wie bei uns: Alles wartete gespannt auf das Brautpaar und, um ehrlich zu sein, nicht so sehr auf ihn, den Bräutigam, als vielmehr auf die Braut und ihr hoffentlich schönes Kleid.

Ich belauschte ein paar Gespräche, die sich ausnahmslos um das glückliche Brautpaar drehten, während ich vorsichtig an meinem Zwergensekt nippte und neugierig dessen Wirkung abwartete. Es war mein erstes Glas Alkohol, und entsprechend irritiert reagierte mein zwergengroßer Körper darauf! Schon nach einem halben Glas drehte sich alles, und ich beschloss, sofort aufzuhören damit, um nicht die Hochzeit zu verpassen. Vorsichtig schielte ich zu Daniel und Tina hinüber: Es schien ihnen ähnlich zu gehen wie mir!

Tina erwiderte meinen fragenden Blick und meinte: «Der Zwergenschampus ist ganz schön stark!»

Dann war es endlich so weit: Asa und Pati kamen vom Fotografen und begrüßten ihre Gäste, bevor sich alle auf den Weg zur Kirche machten. Pati sah atemberaubend aus, noch viel hübscher, als ich sie in Erinnerung hatte. Sie trug ein schlichtes weißes Minikleid, welches für Furore sorgte und ihre schlanken und – für Zwerge – erstaunlich langen Beine vortrefflich zur Geltung brachte. Gut, dass ich für so was noch zu jung war und dass Pati, als Zwergin, sowieso für mich nicht in Frage kam, denn so konnte ich mich aufrichtig für meinen Freund freuen.

Gasa tat sich wohl nicht ganz so leicht: nicht, dass er Asa seine hübsche Braut nicht gönnte, aber hin und wieder huschte ein nachdenklicher Blick über sein braungebranntes Gesicht, und in seinen strahleblauen Augen stand die

Frage zu lesen, ob es nicht auch für ihn an der Zeit wäre, sich eine Frau zu suchen.

Als Asa uns schließlich in der Menge entdeckte, begann sein ohnehin schon strahlendes Gesicht zu leuchten. «Das ist ja schön, dass ihr gekommen seid!», rief er lachend und umarmte jeden Einzelnen von uns.

Als die Reihe an seinem Bruder war, meinte er: «Jetzt ist mir auch klar, weshalb du heute Vormittag nirgends zu finden warst! Hast du an die Ringe gedacht?»

«Oje, die habe ich in all der Aufregung ganz vergessen! Ich sause gleich los und hole sie!» Und weg war er.

Er musste sich sehr beeilen, aber er schaffte es – wenn auch etwas atemlos –, zugleich mit den anderen bei der Kirche einzutreffen! Die Trauung konnte beginnen.

Es gab etwas Gerangel, bis jeder den optimalen Platz eingenommen hatte, dann wurde es still. Während wir warteten, sah ich mir die Kirche genauer an. Sie glich eher einem übergroßen Indianerzelt und hatte eine überraschend farbenfrohe Innenausstattung. Sitzbänke gab es keine, dafür jede Menge Kissen, auf denen man es sich gemütlich machte. Der Pfarrer war schon sehr alt, mit schlohweißem Haar, aber seine Mimik war jung geblieben und seine Augen blinzelten fast spitzbübisch unter einer

Kopfbedeckung hervor, die mich stark an Till Eulenspiegel erinnerte.

Vorne, in der ersten Reihe, hatten die Brauteltern Platz genommen. Patis Mutter war unschwer zu erkennen, denn die beiden sahen sich enorm ähnlich, und sie weinte schon jetzt vor Rührung. Hoffentlich hatte ihr Mann ausreichend Taschentücher zur Hand!

Gasa hatte uns schöne Plätze organisiert und war dann – noch immer außer Puste und rot im Gesicht – nach vorne geeilt, um seine Aufgabe als Trauzeuge zu erfüllen. Musik setzte ein, und die Braut kam herein, gefolgt von einer Horde Brautjungfern.

Anfangs war ich so eingenommen von der Braut und ihrem Gefolge, dass mir gar nicht auffiel, wie skurril die Musik war. Meine Ohren mussten sich erst einhören, aber dann fand ich sogar Gefallen daran. Den anderen Hochzeitsgästen schien die Musik auch zu gefallen, denn fast alle sangen mit, und manche standen sogar auf, um mitzutanzen. Ich fühlte mich schon fast wie in einer Disco, da hörte die Musik mit einem Mal auf, und es wurde doch noch so ergreifend festlich, wie ich mir einen Trauungsgottesdienst immer vorgestellt hatte.

Als sich Asa und Pati dann ihr Ja-Wort gaben, war es immens still in dem Wigwam: Man hätte eine Stecknadel fallen hören. Daniel stieß einen kurzen, freudigen Quiekser aus, so dass ein paar Leute erschrocken die Köpfe drehten und Tina rot anlief. Doch da setzte die Musik wieder ein und entschärfte die Situation.

Nach dem Gottesdienst standen wir in einer langen Schlange, um zu gratulieren und unsere Geschenke zu überreichen. Asa freute sich sehr über mein Buch und die tolle Karte.

Daniel hatte noch ein weiteres Gedicht für die beiden verfasst und erlaubte mir, es zu lesen:

Liebe Pati, lieber Asa!

Meine Möglichkeiten zu schenken sind begrenzt. Da ich weder über Geld noch über feinmotorische Fähigkeiten verfüge, gebe ich euch das, was ich am besten kann, mein Wertvollstes: Geronnene Gedanken!

Vage Ahnung zeigt uns klar,
dass euer Leben vorher unvollständig war.
Wie konnt's einen Asa ohne Pati geben?
Wie konnte diese ohne ihn nur leben?
Gut, dass Ihr Euch gefunden habt,

mutig Euch das Ja-Wort gabt
und nunmehr wundersam vereint
dieses Euer Leben teilt.
Wir freuen uns an diesem Freudentag,
der gewiss nicht der schönste sein mag,
sondern – das hoffen und wünschen wir –
der Anfang einer tollen Zeit!

Es scheint der Weg manchmal sehr weit,
und oft sind steinig und kurvenreich die Pfade,
steil und holprig schenkt das Leben so manchen Umweg
und dort, am Wegesrand, so selten schöne Blumen,
wie man sie sonst niemals fand!
Wie schön, dass Ihr Euren Weg zu zweit gehen dürft,
die schönen und auch die mühsamen Strecken
sollt gemeinsam Ihr entdecken,
einer gebe auf den anderen acht und
– das habt Ihr hoffentlich bedacht –
Ihr seid auf dieser Reise nicht allein,
denn Gott begleitet Eure Wege.
Wenn Ihr die Augen öffnet und darauf vertraut,
ist er es, der das Haus erbaut
und Kraft und Segen schenkt für alles!

Mit den allerbesten Wünschen!
Euer neuer Freund Daniel

PS: Falls Ihr wieder Übersetzungen braucht, so habt keine Scheu, mich zu fragen! Es ist mir eine Ehre, Euch helfen zu dürfen!

Ich ließ das Blatt sinken und gönnte Daniel einen bewundernden Blick. «Wow, wie machst du das bloß?»

Daniel blieb keine Zeit zu antworten, denn jetzt war die Reihe an ihm, zu gratulieren. Asa war ganz gerührt, dass Daniel gekommen war.

«Pati, darf ich dir unseren neuen Freund vorstellen? Er hat die Sprüche in die Formeln übersetzt.»

«Ja, Daniel, ich habe schon viel von dir gehört! Vielleicht gibst du mir mal Nachhilfe?» Pati lächelte ihn freundlich und ohne jede Scheu an.

«Obergerne!», schrieb Daniel und sah ihr in die Augen!

Gasa nahm uns beiseite und meinte: «Das dauert hier noch Ewigkeiten. Was haltet ihr davon, wenn wir schon mal vorausgehen und die Keksfabrik besichtigen?»

Damit waren wir gerne einverstanden, und auch ein paar weitere Hochzeitsgäste schlossen sich uns an. Diese einmalige Gelegenheit konnte man sich doch nicht entgehen lassen: eine Exklusiv-Führung! Wir erfuhren so einiges über die Herstellung, die Verpackung, die Lagerung und den Transport von Zauberkeksen und waren erstaunt, um welch ein großes Unternehmen es sich handelte.

Gefeiert wurde schließlich in der Cafeteria. Sie war festlich geschmückt mit allem, was Pimpfia an Blumen zu bieten hatte. Zahlreiche Kerzen tauchten den Raum in ein festliches Licht. Es wurden Berge an Köstlichkeiten aufgetragen, so dass sich die Tische bogen und mehrere Gäste sich den Magen verrenkten.

Bei näherer Betrachtung zeigte sich, dass die Musiker dieselben waren wie zuvor in der Kirche. Asa hatte bestimmt ein kleines Vermögen investiert, die berühmte Band Zwerginski für den ganzen Tag zu buchen!

Allerlei Reden wurden gehalten, teils unterhaltsam, aber auch tiefgründig, und das Brautpaar musste unter allgemeinem Gelächter so manchen Scherz über sich ergehen lassen.

Daniel war nach dem Festgelage – dem wilden Geräuschpegel zum Trotz – eingeschlafen und schien sich auch schlafend königlich zu amüsieren, denn er kicherte vor sich hin, ohne die Augen auch nur einen Spaltbreit zu öffnen.

So kam es, dass wir ihn schließlich schlafend heimwärts beförderten und auch schlafend abseilten, zurückzauberten und auf die vorbereitete Luftmatratze auf Großmutters Dachboden betteten.

Sehr müde und äußerst glücklich schliefen dann auch Tina und ich ein.

33. Müde Krieger

Am nächsten Morgen fiel das Aufstehen besonders schwer: Meine Beine schmerzten, sie waren das viele Tanzen ja nicht gewohnt, und meine Augenlider waren nicht besonders erpicht, ihren Dienst anzutreten. Es half ihnen nichts: Meine Oma nahm keine Rücksicht auf unsere müden Körperteile, sondern war der festen Überzeugung, man könne nicht den ganzen Vormittag verschlafen. Nachdem sie mich schon mehrere Male vergeblich gerufen hatte, rappelte ich mich auf und taumelte schlaftrunken die Treppe hinunter.

Als Oma mich sah, diagnostizierte sie trocken: «Also, wenn du erwachsen wärst, würde ich sagen, du brauchst erst mal einen starken Kaffee!»

«Mmm, schade, dass ich's noch nicht bin», murmelte ich. «Oma, wir haben übrigens Übernachtungsgäste.»

Oma runzelte die Stirn und sah mich fragend an.

«Daniel ist gestern Abend eingeschlafen, da haben wir ihn auf eine Luftmatratze gelegt, und Tina ist auch gleich dageblieben.»

Gut, dass meine Oma so starke Nerven hat. Sie meinte nur: «Na, dann richte ich wohl besser für euch drei ein Frühstück her!»

Ich umarmte Oma dankbar.

«Du bist die beste Oma der Welt!»

Später leistete sie uns Gesellschaft und staunte nicht schlecht über Daniel.

Wir verabschiedeten uns, und ich fragte Tina vorsichtig: «Sag mal, wie erklärst du Daniels Eltern, dass er heute so müde ist?»

Tina lachte: «Da muss wohl das Wetter herhalten. Daniel hat öfters müde Tage. Mach dir deshalb keine Sorgen.» Dann fügte sie schmunzelnd hinzu: «Unser Ausflug war es auf jeden Fall wert!»

34. Aufträge

Das Fest beschäftigte noch lange meine Gedanken und Träume. Daniel und Tina schien es ähnlich zu gehen. Wir trafen uns, wann immer es ging, und tauschten uns aus. Es gab ja sonst niemanden auf der Welt, mit dem wir unsere Reiseerlebnisse hätten teilen können, ohne Gefahr zu laufen, die nächsten Jahre in einer Nervenheilanstalt oder Hirnklinik zu verbringen.

Wir besuchten auch meine Oma und aßen Eis in ihrem Garten. Treppe und Schrank ersparten wir uns, wissend, dass Asa und Pati in ihren Flitterwochen waren und Gasa die Fabrik beaufsichtigte. Wir nutzten die Zeit auch, um weiter das Stützen zu üben, und schafften immerhin schon kurze Sätze. Das machte uns maximal stolz, und auch Tina freute sich!

Zwei Wochen später kamen Asa und Pati zurück, auf einen kurzen Zwischenstopp. Sie hatten eine kleine Kreuzfahrt unternommen und jede Menge Souvenirs im Gepäck. In Alphabet hatten sie fleißig Sprüche gesammelt und baten nun braungebrannt und freudestrahlend Daniel und mich um deren Übersetzung in Formeln.

Pati zwinkerte Daniel zu: «Danke für dein Angebot, Daniel. Wir haben nachgedacht und beschlossen, schon bald eine Familie zu gründen. Wenn es klappt, dann habe ich bald nicht mehr so viel Zeit, da konzentriere ich mich lieber auf Sprachen, die ich schon kann.»

Daniel grinste: «Gerne, das hilft gegen Langeweile!»

Das ging mir entschieden zu schnell!

«Halt! Erzählt erst mal von diesem Buchstabenland!», forderte ich.

Asa schmunzelte und setzte zum Reisebericht an, doch seine lebhafte Braut kam ihm zuvor.

«Also, das glaubt man kaum», schwärmte sie. «Ich dachte immer, Gasa übertreibt, aber dort wachsen die Sprüche tatsächlich auf den Bäumen und sprießen wie Unkraut aus der Erde! Und diese Buchstaben sind wirklich reizende Gesellen, die feiern jeden Tag ein Fest!»

Man sah ihr die Begeisterung förmlich an.

«Die feiern jeden Tag?», hakte ich nach.

«Ja, Wahnsinn, nicht wahr? Aber sie sind so unterschiedlich und kreativ und gesellig, dass sie gar nicht anders können, als immer neue Tänze zu erfinden!»

Liebe

Nun mischte sich Asa doch noch ein: «Das stimmt nicht ganz, Schatz! Wenn sich die Menschen streiten, ziehen in Alphabet Gewitterwolken auf. Und das ist gar nicht mal so selten.»

Pati nickte und sah mit einem Mal nachdenklich drein. «Ja, Gewitter gibt es dort heftige. Mir war nur nicht klar, dass die Menschen dafür verantwortlich sind. Ich wusste ja bis vor kurzem gar nicht, dass es sie tatsächlich gibt!»

«Das bedeutet also», überlegte ich laut, «wenn ich mich mit meiner Schwester zoffe, dann geht es den Buchstaben schlecht?»

Stirnrunzelnd beschloss ich, mich künftig weniger zu streiten.

«Und bei welcher Sprache hat es euch am besten gefallen?», wollte Daniel nun noch wissen.

«Zwergisch»

«Deutsch.»

«Nein, Aramäisch.»

«Stimmt ja gar nicht, die chinesischen Schriftzeichen sind auch ganz witzig!»

Asa und Pati redeten wild durcheinander. Dann hielten sie mit einem Mal inne und brachen in schallendes Gelächter aus.

«Durftet ihr überall hin?» Dieses Land machte mich echt neugierig.

«Nein, für uns gelten die gleichen Regeln wie für die anderen. Wir konnten nur Visa für die Grafschaften beantragen, deren Sprache Pati spricht. Mich hätten sie beinahe nicht mit hineingelassen», gab Asa zu.

Es war schon spät, Daniel musste nach Hause. Wir umarmten uns zum Abschied.

Die beiden Flitterwöchner brachen erneut auf, ohne uns diesmal das Ziel zu verraten! Alles Betteln und Löchern half nichts, aus Pati war kein Wörtchen herauszubringen.

Asa setzte kurz an: «Also, jetzt fahren wir b...», weiter kam er nicht. Er erntete einen heftigen Rempler und einen energischen Blick von seiner frischgebackenen Ehefrau.

«Schhh! Das darf doch niemand wissen!»

Was soll man da noch sagen? Asa tat mir in diesem Moment fast leid. Hoffentlich hatte er nicht zu viel Freiheit eingebüßt!

35. Oma räumt auf!

Ein paar Tage später jagte mir Oma einen Riesenschrecken ein: Ich fand sie auf dem Dachboden in Kisten wühlend und mit Putz-Utensilien bewaffnet! Das sah nach generalstabsmäßiger Großputzaktion aus. Hoffentlich hatte sie den Schrank verschont!

Möglichst unauffällig warf ich einen Blick in den Schrank: So ein Mist! Der Zaubersand und die Taschentücher waren weg! Stattdessen hatte meine Oma alte Bücher einsortiert.

Mir blieb fast das Herz stehen, und Sprachlosigkeit erfasste mich, während Oma meinen Ohren die Funktionsfähigkeit absprach: «Sag mal, hörst du schlecht? Du könntest ruhig ein bisschen mithelfen, schließlich mache ich das für dich!»

«Was? Wieso für mich?», stammelte ich.

«Na, wo ihr neuerdings immer so viel Zeit hier oben verbringt, du und dein neuer Freund Daniel, dachte ich, es könnte ruhig etwas ordentlicher und sauberer sein.»

Sie wischte sich kurz den Schweiß von der Stirn und

stemmte unternehmungslustig die Hände in die Hüften. So viel Aktionismus hatte ich ihr gar nicht zugetraut, da hatte ich sie wohl gründlich unterschätzt!

«Ist ja unglaublich, was man so alles findet: In dem Schrank dort waren sogar zwei Beutel mit Sand!», wunderte sie sich.

Ich hielt die Luft an, schaute suchend durch den Raum und fragte mich, was wohl aus dem Sand geworden war. Schließlich entdeckten meine Adleraugen die beiden Beutel in unmittelbarer Nähe unter einem Berg ausrangierter Kleidungsstücke und allerhand Krusch.

Wie gut, dass wir die Säcke nicht beschriftet, sondern nur ein rotes Kreuzchen auf den Beutel mit dem Vergrößerungssand gemalt haben, schoss es mir durch den Kopf! Was hätte Oma sonst gedacht? Aber wie konnte ich nun den Schrank und den Sand für mich zurückerobern?

«Oma», begann ich vorsichtig, «weißt du, es macht nur deswegen so viel Spaß, hier zu spielen, weil es nicht so ordentlich ist und weil es so viel Spannendes zu entdecken gibt!»

Oma hielt erstaunt inne und sah mich mit gerunzelter Stirn an: «Aber all der Krusch, das kann man wirklich nicht so lassen! Stell dir nur mal vor, wenn's mich mal nicht mehr gibt, dann müssen deine Eltern das alles aussortieren. Das kann ich ihnen doch nicht antun!»

«Hmm», machte ich. Fieberhaft suchte ich nach einem Ausweg, denn inzwischen hatte ich Gasa entdeckt, der total verängstigt in der rechten oberen Schrankecke kauerte.

Ich machte Oma einen verzweifelten Vorschlag: «Oma, wie wäre es, wenn wir den Dachboden aufteilen: einen ordentlichen Bereich für dich und einen kleinen Chaos-Bereich für mich?»

«Ist dir das wirklich so wichtig?»

Oma war schwer erstaunt.

«Bitte Oma», bettelte ich.

«Ja, und wie sollen wir den Raum aufteilen?», lenkte Oma ein.

«Ich hätte gerne die Wand mit dem Schrank, bitte!», brachte ich schnell hervor.

«Ausgerechnet den Schrank könnte ich gut gebrauchen», meinte sie. «Möchtest du dir denn nicht eine andere Wand aussuchen?»

«Auf gar keinen Fall, ich brauche doch gerade diesen Schrank zum Spielen!»

Ich konnte es nicht fassen: Wie hatte es nur so weit kommen können? Jetzt stritt ich mit Oma wegen eines Kleiderschranks!

Oma machte große Augen, merkte aber, wie wichtig es mir war. «Na dann ist's ja gut, dass ich ihn heute Morgen nicht auf den Sperrmüll gebracht habe!», lachte sie. «Aber jetzt hilfst du mir endlich und trägst den Müll nach unten!»

«Aye, aye, Sir!», lachte ich und machte mich erleichtert an die Arbeit. Das war ja gerade noch mal gutgegangen!

Oma hatte eine erstaunliche Ausdauer. Als sie endlich auf die Idee kam, sich eine Tasse Kaffee zu gönnen, schlich ich noch mal vorsichtig nach oben, um nach Gasa zu schauen. Ich fand ihn noch immer starr vor Schreck in jener Ecke kauern.

Leise rief ich ihn: «Gasa!?»

Keine Reaktion.

«Gasa, ich bin's. Komm doch runter, die Luft ist rein!», flehte ich.

Da kam er endlich in Bewegung und spähte vorsichtig zu mir herunter.

«Hallo, Tim. Deine Oma kann einen ganz schön erschrecken. Zu dumm, dass das Tor schon geschlossen war!»

«Ich weiß. Mir wäre auch fast das Herz stehen geblieben.» Gasa tat mir aufrichtig leid. «Aber stell dir vor: Ich habe den Schrank gerettet und den Sand wiedergefunden!»

Bessere Trostworte hätte ich kaum finden können. Gasas Miene hellte sich deutlich auf. In Windeseile kletterte er nach unten und fiel mir freudig um den Hals. «Gott sei Dank! Ich hatte schon Angst, wir würden uns nie wieder sehen!»

36. Der Traum

«Tim, wach endlich auf!»

Mama klang ärgerlich.

Wie oft hatte sie wohl schon versucht, mich zu wecken? Wie lange an mir herumgerüttelt?

Aber sie war hartnäckig und gab nicht auf: «Wenn du nicht endlich aufstehst, dann verpasst du noch den Bus! Für Frühstück ist es sowieso schon zu spät!»

«So'n Mist», murmelte ich und quälte mich schlaftrunken aus dem Bett, schlief unter der Dusche fast wieder ein und machte mich schließlich mit dem Fahrrad auf den Weg zum Bus.

Während ich in die Pedale trat, schickte ich ein Stoßgebet zum Himmel: «Hoffentlich schaffe ich es noch rechtzeitig!»

Ich legte nun wirklich keinen gesteigerten Wert darauf, die komplette Wegstrecke mit dem Fahrrad zurückzulegen! Der Bus fuhr schon los, als ich um die Ecke bog, aber der Busfahrer sah mich im Rückspiegel wild gestikulieren und hielt freundlicherweise noch mal kurz an.

Erleichtert, aber völlig außer Atem, ließ ich mich in den Sitz fallen und dachte über meinen Traum nach: Es war ein toller, spannender Traum gewesen, über Zwerge, und ja, mein neuer Freund Daniel und seine Schulbegleitung Tina waren auch darin vorgekommen und unsere ersten Schreibversuche auch. Seine Sicht der Zahlen und Buchstaben hatte er schon mehrmals in Gedichten formuliert, und sie entsprach eins zu eins den Äußerungen in meinem Traum. Das wollte ich ihm in der Pause unbedingt erzählen! Gut, dass heute Donnerstag war, eine der wenigen Gelegenheiten, Daniel zu treffen.

Schade, dass Daniel nicht jeden Tag bei uns ist!, dachte ich. *Aber vielleicht ändert sich das ja in naher Zukunft mal!*

Schade auch, dass der Traum nun vorbei war: Ich hätte doch zu gerne gewusst, was Asa und Gasa noch so alles widerfuhr.

«Eigentlich», schoss es mir durch den Kopf, «waren Daniel und Tina in meinem Traum genauso wie sonst auch! Ob es am Ende doch kein Traum war?»

Vielleicht sollte ich die beiden fragen.

Und zwar bald!

Ende des ersten Bandes und des ersten Abenteuers.
Aber das zweite folgt auf dem Fuße!

Glossar

AlphaSmart: Ein Schreibgerät mit einer Tastatur; es ist einem Laptop sehr ähnlich, nur das Display ist viel kleiner, und es speichert automatisch ab.

Aura: Farbig leuchtender Strahlenkranz um eine Person. Es ist wissenschaftlich umstritten, ob es diese Aura tatsächlich gibt. Einiges spricht dafür, anderes dagegen. Aber es gibt Menschen, die von sich selbst sagen, dass sie die Aura von anderen sehen können.

Autismus: Menschen mit Autismus nehmen die Umwelt ein bisschen anders wahr, weil ihr Gehirn anders verschaltet ist. Das führt dazu, dass Autisten manchmal komisch auf andere wirken oder überhaupt nicht sprechen.

Epilepsie: Eine Krankheit, die zu Krämpfen und Bewusstlosigkeit führt.

Existenz: Leben.

extravagant: Weicht vom Normalen ab; außergewöhnlich; auffällig.

Eyetracking-System: Technisches System, das die Augenbewegungen einer Person verfolgt und mittels eines Computerprogramms in geschriebene oder gesprochene Sprache umwandelt.

Gestütztes Schreiben / Gestützte Kommunikation: Eine Methode, die es stummen Autisten und anderen Behinderten ermöglicht, zu schreiben. Dabei stützt eine andere Person die Hand des Autisten. Der Körperkontakt hilft, dass man den eigenen Arm besser spürt und daher die Tasten leichter trifft. Auf diese Weise kann man sich immerhin schriftlich verständigen.

Inklusion: Die Idee, dass Gesunde und Behinderte gemeinsam die Schule besuchen, weil sich ihre Stärken und Schwächen ausgleichen. Alle können voneinander lernen.

Morsen: Kommunikationsart mit kurzen und längeren Signalen (zum Beispiel in Form von Licht oder Tönen), die für bestimmte Buchstaben des Alphabets stehen.

Muskeltonus: Auch im Ruhe-«Modus» aufrechterhaltener [Grund-] Spannungszustand eines Muskels.

Nationaler Aktionsplan der Bundesregierung zur Umsetzung der UN-Behindertenrechtskonvention: Siehe www.bmas.de/DE/Service/Publikationen/a740-aktionsplan-bundesregierung.html.

Orakelsprüche: Schlaue oder weise Sprüche.

Savant: Jemand, der auf einem bestimmten Gebiet hochbegabt, sonst aber eher unterdurchschnittlich begabt ist.

Schulbegleitung: Eine Person, die einen Behinderten in die Schule begleitet.

Souvenir: Mitbringsel aus dem Urlaub.

sporadisch: gelegentlich.

Stonehenge: Ort in England, der für seinen uralten Kreis aus großen Steinen berühmt ist.

Synästhesie: Wenn sich Sinneseindrücke vermischen. Beispiel: Musik hat einen Geschmack oder wird in Farben gesehen, statt nur gehört.

UN-Behindertenrechtskonvention: Die UN-Behindertenrechtskonvention beinhaltet – neben der Bekräftigung allgemeiner Menschenrechte auch für behinderte Menschen – eine Vielzahl spezieller, auf die Lebenssituation behinderter Menschen abgestimmte Regelungen. Siehe auch www.behindertenrechtskonvention.info.